ドワーフや神獣が仲間に加わり
ますます砂漠の村は発展中!
スキル『植樹』を使って
追放先でのんびり
開拓はじめます
3

楽しいひとときを！
シムルグ
聖域を作ることが出来る神鳥。
美味しい果物に目がない。
ホイール
聖域を作ることが出来る神鼠。
家族がおり、子煩悩なお父さん。
フェム
聖域を作ることが出来る神狼。
ウッディの作る領地に興味があり、
領地経営の手伝いをしてくれることに。

新たな仲間達を歓迎して
ナージャ・フォン・トリスタン
ウッディの婚約者。
トリスタン伯爵家の一人娘で、
『剣聖』の素養持ち。
ビス
ドワーフの中のリーダー。
鉄加工のスペシャリスト。
ウッディ・アダストリア
コンラート公爵家から独立し
アダストリア家を興した。
世界樹を植えられる『植樹』の素養持ち。
アイラ
ウッディの専属メイド。
『水魔法師』の素養持ちで、
魔法戦はお手の物。

世界樹から毛玉のような
精霊が誕生!?

スキル『植樹』を使って追放先でのんびり開拓はじめます 3

著 しんこせい
ill. あんべよしろう

口絵・本文イラスト
あんべよしろう

装丁
木村デザイン・ラボ

プロローグ

「『植樹』の素養が使えるんなら、砂漠で一生育たない樹《き》を植えてろよ！」

僕の目の前には、僕の代わりにコンラート家の嫡子になった、弟のアシッドが立っている。こちらをバカにしたような彼の顔に、何度うなされたことか。

今までこの夢は、僕にとって非常に嫌なものだった。

けれど今は不思議と、穏やかな気持ちで見ることができた。

それはきっと……。


「……寝ちゃってたか」

むくりと起き上がると、そこは僕が普段使っている執務室だった。

浅い眠りの時は、よく夢を見る。

僕――ウッディ・アダストリアはぐぐっと上体を伸ばしながら、窓越しに遠くを見つめる。武力が何よりも重視されるコンラート家の嫡子だった僕は、『植樹』という生産系の素養を持っていると判明したせいで、廃嫡されてしまった。

僕の代わりに嫡子になったのが、先ほど夢に見たアシッドというわけだ。

けれど生産系の素養だって、馬鹿にできるものではない。

「そもそも、僕が持っているのは素養ですらなかったわけだしね……」

なにせ僕の『植樹』の力は、素養の上位互換であるスキル。更にその中でも強力なものとされる上位スキルと呼ばれるものだったんだから。

こと樹を植えるということに関しては他の追随を許さないこの力の結晶こそが、今僕が窓を通して見ているこの村――ツリー村だ。

神鳥《しんちょう》シムルグさんの加護を受けて、砂漠の中でも豊かな緑と水資源を保つことができているこの場所は、そもそも僕のスキル『植樹』で作った。今日も、この場所で暮らす民を幸せにするために僕は頑張っている。

外を見ると、遠くからでも見上げるほどの高さのある一本の樹がそびえ立っている。

僕の『植樹』の素養によって生み出された世界樹は、今もどんどんと大きく育ち続けているのだ。

そして大きくなっているのは世界樹だけじゃない。

僕の領地であるウェンティの経済規模も、どんどんと大きくなっている。

ツリー村の次に聖域になったギネア村も、神鼠《しんそ》であるホイールさんのおかげで今では各種鉱山資源を産出し、ウェンティの成長には欠かせない村になった。

きっと今後もこんな風に、新しい村を増やしながら、どんどんと大きくなっていくのだと思う。

「お目覚めですか？」

「うん、起こしてくれても良かったのに」

「ずいぶんと気持ちよさそうにお眠りでしたので」

部屋に入ってくるのは、『水魔導師』の素養を持つメイドのアイラだ。

たった一人でコンラート領を追い出されてしまった僕についてきてくれた、いい意味でちょっと変わった女性だ。

一応僕の側室になることが内定している。

ちなみに婚約者は、トリスタン伯爵家のご令嬢であるナージャという女の子だ。

『剣聖』の素養を持っている彼女はきっと、今も元気にこのアダストリアの領軍であるサンドストームを鍛え上げているに違いない。

「よし、もう少し頑張ろうかな」

僕は筆頭文官であるマトンから上がってきた決裁書類に目を通しながら、判を押していく。ただふんぞり返っていればいいわけではない。

案外領主というのも楽ではないのだ。

「じゃあな、クソ兄貴」

ツリー村までやってきて、兄弟げんかをした後に帰っていった不肖の弟の顔が脳裏をよぎる。

いずれはアシッドも、僕と同じように領主として頭を悩ませることになるんだろうか。

そんなことを考えながら、僕は無心で決裁を続けるのだった……。

第一章

「う、うぷ……く、苦しい……」

今日食べたサンドボアーの肉が全て出てしまいそうなほどに強烈な圧迫感。

あまりの寝苦しさに命の危機を感じたのか、僕の意識が急速に覚醒《かくせい》してくる。

上体を起こそうと力を入れるけど……まったくびくともしない。

その理由は、僕の身体《からだ》をがっちりと掴《つか》んで離さない一人の女の子にあった。

「む、むぐぐ、重い……」

「むにゃ……重いとはなんだ重いとは。そもそもサイクロプスの一つ目はだな……」

僕と噛《か》み合っているようで、その実全然噛み合っていない会話をしているのは、僕の元……じゃなかった、現婚約者のナージャだ。

彼女はすぅすぅと寝息を立てながらも、僕のことを抱き枕か何かのようにがっちりとホールドしている。

必死に抵抗を試みるが、『剣聖』の素養を持つ彼女の力はとてつもなく強く、僕なんかでは到底太刀打ちができなかった。

起き上がって寝る位置を調整するのを諦《あきら》めて、わずかに浮き上がっていた肩から力を抜く。

すると満足したらしいナージャが、むにゃむにゃと言いながら顔を僕の胸のあたりに押しつけてきた。

自由になっている右手でそっと頭を撫《な》でると、ナージャの頬が緩む。

「むにゃ……すぅ、すぅ……」

どうやらナージャは再び深い眠りに入ったようだ。

先ほどから悲鳴を上げている左手を、寝息を立て始めた彼女の拘束からなんとか解放してやる。

寝入ったことで力の緩んだナージャの腕から逃れ、寝返りを打つ。

誰かと一緒に寝るっていうのも善し悪《あ》しだ。

寝入る時や、ふと目が覚めた時、誰かが隣にいてくれるという安心感は何ものにも代えがたい。

けれど反面、本来であれば一人の空間であるはずのベッドの中に他の人がいることで、純粋に眠りが浅くなってしまう。

どうやらナージャはそんなデメリットとは無縁のようだけど……それは彼女が少数派なだけで、僕の方が多数派だと思う。

「……」

くるりと寝返りを打って逆側を向くと、そこにはいつものメイド服ではなく、パジャマを着ているアイラの姿があった。

最初の頃は寝る時にもメイド服を着ていることも多かったけれど、最近ではパジャマになることの方が多い。

眠ってよれてしまったメイド服を時間をかけて伸ばすのはどう考えても手間だし、そもそもメイド服での寝心地は明らかに悪そうだったから、僕としては嬉《うれ》しい限りだ。

アイラはいつでもメイド服を身に着けている。

文官や武官の数も徐々に揃《そろ》い、余裕が出てくるようになった最近では休みを言い渡したりすることも出てきたけれど、たとえ休みの日であろうと彼女はいつだってメイド服を着ている。

これが僕のうぬぼれだったら恥ずかしいんだけど……恐らく彼女は、僕との今の関係を崩したくないと思っているのだろう。

別にそんなこと、気にしなくてもいいのにね。

アイラは変なところで頑固だ。

「……すぅ……すぅ……」

普段はどちらかと言うときつい印象を持たれるアイラだけど、眠っている時の彼女の顔は生まれたての赤ちゃんみたいでかわいらしい。

キッとしたまなじりが緩くなっているからか、愛嬌《あいきょう》があるのだ。

これを見ることができるのは、役得というやつかもしれない。

ジッと見つめていると、なんだか本当に幼く見えてきた。

普段はこんなことはしないのだけど、赤ちゃんを連想した僕は、そのままなんとなくアイラのほっぺたをつんつんしてみる。

すると……アイラがスッとその目を開いた！

「――わわっ⁉」

「おはようございます、ウッディ様」

「お、起きてたの？」

「メイドというのは、何か異常があれば目が覚めるものなのです」

「そ、そういうものなのかな……？」

メイドって奥が深いんだね……。

起こしちゃって申し訳ない気分になっていると、僕の内心を察したらしいアイラが小さく首を横に振る。

「問題ありません。あと五分ほどで目を覚ますところでしたから」

そう口にした彼女が指さした先では、主張を始めた太陽の光が夜空を侵食し始めていた。

「す、すごい体内時計なんだね……」

「メイドですから」

「そ、そういうものなのかなぁ……？」

アイラに言われると、なんだかそうなのかもしれないと思えてくる。

メイドってなんでもできる万能の存在……つまり皆がメイドになるべきということ……？　ダメだ、まだ朝早いからか頭が変な方向に……。

「ウッディ様はもう少しお休みになっていてください。支度が整ったところで、改めて起こしますので」

「ありがと、それじゃあもうちょっとだけ……」

目を瞑《つぶ》り、まどろみに身体を預ける。

ごとりという物音にゆっくりと目を開けると、アイラはパジャマからいつものメイド服へ着替えている所だった。

「おやすみなさいませ、ウッディ様……」

こちらに小さく頭を下げるアイラを見てから、僕は再び心地いい眠りに身を任せようと目を瞑る。

彼女の主《あるじ》である僕の名前はウッディ、正式な名前を言うとウッディ・アダストリア。

元コンラート公爵家の嫡子で、現アダストリア子爵家の当主であり、このウェンティを治めている領主だ。

なぜこんな複雑な立場に立っているかと言うと……簡単に言えば家庭問題がこじれた末の結果である。

現コンラート公爵である僕の父さんは、『大魔導』の素養を持っている。

うちのコンラート家はこの『大魔導』の素養を使うことでその領地を広げ、守り続けてきた。

そのため公爵領で大切なのは一に武力に二に武力、三四が武力で五が武力。

当然ながら嫡子である僕も『大魔導』を受け継ぐことを期待され、幼い頃から色々と教育を叩《たた》き込《こ》まれてきたわけだけど……去る素養を授かる祝福の儀の日に僕が得たのは、樹《き》を植えることができる『植樹』の力だった。

戦闘系の素養が求められるコンラート家では、何かを作る生産系にはまったく重きを置かれない。

僕は嫡子の座を追われ、僕に代わって弟のアシッドが嫡子の座についた。

そして彼に砂漠の緑化をするよう仕向けられ、ほとんど準備する間もなく砂漠に領主として放り出されることになってしまったのだ。

それからも色々なことがあった……僕のことを追いかけて、婚約を解消したはずのナージャが砂漠にやってきて、おまけに神獣様を連れて来たり。

聖域を利用して上手《うま》いこと領地を緑化させることができたと思っていたら、ダークエルフやエルフ達がやってきて一悶着《ひともんちゃく》起きたり。

そして、僕の『植樹』が素養ではなくてその上位互換であるスキル——中でも特に強力な上位スキルというやつであることが判明したり、領民の皆を守るために奔走し、独立して新たな貴族家を興《おこ》したり。

キレてやってきたアシッドを撃退したり……いや、こうやって改めて思い返してみると色々と起きすぎじゃない？

……まぁなんにせよ、それら全ての問題はひとまず解決し、今ではこうやってわりとのんびりとした生活が送れている。

ナージャが再び正式に婚約者となり、アイラも側室に内定している状態になった。

それで何かが変わったのかというと……前とそこまで大きな違いはないように思える。

以前と変わらず、僕はアイラとナージャと三人で、一つのベッドに横になっている。

最初の頃のように少し触れたり、吐息がかかったりするだけでドキドキするようなことは、もうなくなった。

けれどその代わりに、以前は感じなかった安らぎがある。

どちらの方がいいかは甲乙つけがたいけれど……今幸せだから、きっとそこに順位なんかつけなくていい。

ナージャとアイラは相変わらずかなりの頻度で喧嘩《けんか》をしているけれど……家庭の形は人それぞれ。

僕ら三人はなんだかんだで、上手くやることができているのだから。

そんなことをつらつらと考えているうちに、僕はあっという間に眠りについてしまうのだった。

それから一時間半ほどが経《た》って、朝ご飯の時間になった。

料理のできる使用人も一応はいるんだけど、今でも我が家の食卓を握っているのはアイラだったりする。

今日の朝ご飯は刻んだドライフルーツを生地に混ぜて作ったパウンドケーキに、豆のスープ、そしてウェンティ印のフルーツで作ったミックスジュースだ。

適当な大きさにカットされたパウンドケーキを口に含む。

しっかりと焼かれていることで外側はカリッと、そして噛み進めていくと内側は驚くほどにしっとりとしている。

二種類の食感の違いを楽しんでいると、次にマンゴーやレーズンといったドライフルーツの噛み応えのある感触がやってくる。

押し寄せてくるいくつもの食感に、口の中が驚いている。

使っている砂糖の量が少ないからか生地自体の味は控えめで、その分ドライフルーツの強烈な甘みが際立っている。

口の中の水分を一気に持っていかれミックスジュースを口に含む。

モモを多めに使っているようで、ねっとりとした甘みが口の中に広がる。

下の方には絞られた果肉が残っていて、それをスプーンで掬《すく》って口の中に運ぶと、幸せが広がった。

元の甘みが強烈な分、絞られている果肉でも十分な甘みがある。

ただパウンドケーキとジュースと立て続けに甘いものを摂取したせいで、口の中が少し甘ったるい。

それを流し込むための豆のスープだ。

なかなかに考えられていると思いながらスープを口に含むと、やってくるのは優しい塩気だ。

煮てやわらかくなった豆の少しの青臭さが、大量に甘いものを摂取して麻痺《まひ》しかけていた舌を元に戻してくれる。

一見するとシンプルだけど、そのスープの中には玄妙さが隠れていた。

アイラに聞いてみると、干した魚を使って出汁《だし》を作ったのだという。

細かいところにまで手が込んでいて、僕は自分のメイドの有能さにたしかな満足感を得ていた……。

「ウッディ様、口元に食べかすがついていますよ」

「おかわりを持ってきてくれ、アイラ！」

「自分で持ってきてください」

「この差はなんだ！　待遇の改善を要求する！」

「拒否します」

「するなぁっ！」

僕の口周りを白いハンカチで綺麗《きれい》にしてくれるアイラと、彼女に対して猛然と抗議しているナージャ。

ちなみに我が家だと、これくらいは喧嘩のうちに入らない。

じゃれ合いのようなものなので、僕も仲裁に入ったりはせずに二人が話しているのを横で聞いていた。

「あむ、しかしあれだな……最近はなかなか強い魔物がいなくて、つまらないな」

「いいことじゃないですか。平和が一番です。リアルアマゾネスのあなたにはわからないかもしれないですが」

「なんだリアルアマゾネスって！」

「リアルなアマゾネスのことです」

「そういうことを言っているんじゃない！」

これくらいは喧嘩に入らない……本当に入らないかな？

……いや、これは普通に喧嘩の領域に足を突っ込んでいる気がする。

もちろんヒートアップすることも多い。

そんな時に二人を止めるのが僕の役目なのだ。

「アイラ、おかわりをもらってもいい？」

「はっ、ただいま」

頭を下げて部屋を出て行くアイラ。

ナージャは自分達がヒートアップしすぎていたことに気付いたからか、少しだけ恥ずかしそうにしている。

アイラがおかわりのジュースを持ってきた時には既に、二人の勢いは鎮静化しており。

僕は一つ頷《うなず》いてから、ゆっくりとジュースを飲み干すのだった。

「ウッディ様、そういえばエルフの方達が何か話があるということでしたが……」

「どっちの方？」

「あ、すみません。ギネア村の方です」

「わかった、それじゃあ今日はウテナさん達のところに行ってみるよ」

家事全般だけではなく、アイラは僕の秘書のような役目も果たしてくれている。

僕は自分で言うのもなんだけどゆるっとしている人間だ。

そんな僕でも特に遅れたり致命的なミスをしたりせずに済んでいるのは、ひとえに彼女の調整能力の賜物《たまもの》なのである。

にしてもエルフか……多分だけど、ウテナさんあたりがまた何か言っているんだろうな。

エルフ達は、外で長いこと暮らしてきたというアカバネさんや、めちゃくちゃ長い時を生きているファナさんのような例外を除くと、ものすごく細かいことにこだわるエルフが多い。

ハウスツリーは彼女の好みに合うように何回も作り直しさせられたし、基本的に会う度に何か言われている気がする。

そんなに嫌なら里に戻ればいいのに……とは思うのだが、ことはそう単純ではない。

ビビの里で暮らしているエルフ達は、その里長であるハイエルフのファナさんの決定によって、僕と個人的な友誼《ゆうぎ》を深める声明を発表した。

けれどもう僕とコンラート領とのゴタゴタは終わっている。

なので更に一歩踏み出した形で関係性を発展させようと、現在ツリー村とギネア村には何人かのエルフが交流のためにやってくることになった。

そこで僕やシムルグさん達と面識があるということを買われてやってきたのが、ウテナさんとアカバネさん、メゴさんにマゴさんの四人というわけなのである。

ちなみに人員はアカバネさんとマゴさんがツリー村、ウテナさんとメゴさんがギネア村だ。後ろの二人はダークエルフと問題を起こしかねないという、アカバネさんの判断らしい。

「また誰かを連れて行かなくちゃ。ここ最近はレベッカばっかり連れて行ってたから、レント君あたりを連れて行こうかな」

ウテナさんと会う時は、基本的にホイールさんの子供達のうちの誰かを連れて行くようにしている。

そうしないと話す時間が長くなっちゃうからね。

彼女もアカバネさんやファナさんみたいに、もっとおおらかになってくれるといいんだけどなぁ……。

ホイールさんとキャサリンさんの子供達は、十匹ちかくいる。

一応彼ら皆が住めるように横長のハウスツリーを作ったりしているんだけど、全員がその場所に留《とど》まっていることは少ない。

聖域における、住民達との接し方は神獣様ごとにかなり違うらしい。

シムルグさんは傅《かしず》かれるのが嫌いだし、そもそもそれほど人と話すのが好きではないらしいので、何か用がある時やイベントごとの時を除いて、基本的にウィンドマスカット園に引きこもっている。

対してホイールさんはかなり活発なようで、ギネアの村を定期的に見回りしては村人達と気安く話をしていた。

そのため彼が皆から持たれている感情は、敬意というより親しみの方が強い。

本人が気さくなこともあり、村の人達からは好意的に受け取られている。

まあ魔物に襲われなくなる結界の展開も、今ではギネアの主産業になりつつある鉱業も、その全てがひとえにホイールさんの力によるものだ。

ギネアに住む人間が、ホイールさんのことを悪く思うはずがないし、機嫌を損ねることをするはずもないというもの。

そんな父の姿を見て育ったからか、ホイールさんの子供達はギネアの村では皆積極的に動き回っている。

でも流石《さすが》神獣の子供達なだけのことはあり、基本的には人間達の仕事の邪魔をすることがないようにしっかりと場所を選んで遊んでいる。

広場を使って駆け回ったり、親が働いている子供の面倒を見ていたりと、好き勝手にやっているようで案外周囲に目を配っているみたいだ。

「今日はよろしくお願いします！」

「うん、よろしくね」

今回僕が連れて行くことにしたのはレント君といって、他の子供達よりも少しだけ鼻が長いのが特徴的だ。

性格は真面目な方で、そして抱き上げられるのはあまり好きではないらしく、いつも一人でてちてちと地面を歩いている。

彼と一緒にビビの里のエルフ達のために作った離れへと向かっていく。

——エルフというのは、とにかく樹木が好きだ。

それは僕達普通の人間からするとちょっと偏執的に思えてしまうほどに、樹木に対するこだわりが強いのである。

樹木がないとなんだか落ち着かなくてそわそわしてしまうとかそういうレベルらしく、当初ウテナさんやメゴさん達の態度が悪かったのは、長いこと砂漠を樹木なしで歩き回っていたことによるストレスも大きかったみたいだ。

なので僕はビビの里の人達のために用意したハウスツリーの裏に、樹林を設置しておいている。

世界樹を植えておいた方が喜ぶかなぁと思いやってみると……実際ものすごく喜んでくれた。

それが嘘《うそ》でないことを示すかのように、僕らがやってきたことにも気付かず、ウテナさんはほうっと熱い息を吐きながら、世界樹に触れている……。

「ふふふ……普段慣れ親しんでいない樹林も、乙なものね……」

そう言ってウテナさんが浮かべている笑みは、いつも見ないほどに自然なものだった。

普段から今くらい自然体でいればいいいと思うんだけどなぁ。

「レント君、それじゃあ手はず通りにお願いね」

「任せてください！」

レント君は鼻息を吐きながら意気込むと、とてて一っと駆けていった。

誰かが接近していることに気付いたウテナさんがその身体を一瞬縮こまらせ、続いてそれがレント君であることを確認してから片膝《かたひざ》を立てる。

「これはレント様！　お疲れ様でございます！」

ウテナさんはホイールさん夫妻の子供達を、一目見ただけで完全に区別することができる。僕はレベッカとかレント君みたいな特徴がある子を見分けることができるだけなので、素直に感心してしまう。

「ど、どうも～」

ウテナさんの意識が完全にレント君に向いているのを確認。

レント君と話をするウテナさんの機嫌が良くなっているのをしっかりとこの目で見てから、タイミングを見計らって話の輪の中に入る。

「あらウッディ様、ご機嫌麗しゅう」

「どうもウテナさん」

どうやらファナさんやアカバネさんにかなり言い含められているようで、ウテナさんの僕への態度は最初と比べるとずいぶんやわらかくなってきている。

ただ僕以外の人にはかなりつんけんしているようで、色々と苦情が耳に入ってきたりもする。

介入しなくちゃいけないような事態にはなっていないのがせめてもの救いだ。

おっと、そんなことを考えている場合じゃない。

呼び出された理由を聞いておかないと。

「なんでも、話があるとか？」

「はい、実は植樹の許可をいただくことができればと思いまして」

「植樹……ですか？　それならしていると思いますけど……」

「素養やスキルの話ではなくて、純粋な植樹の話ですわ。せっかくこれだけいい樹がそこら中にあるのです。将来のことを考えれば、しっかりとした植林計画を作っておくべきですわ」

「なるほど、植林計画ですか……」

たくさんの人が住む都市部では、生活のために必要な薪《まき》や木材が大量に必要になってくる。だからといって、必要になる分の全てを賄うために住民達が山へ出ていって、野放図に樹を伐採しまくるわけにはいかない。

山にある樹木というのは、結構色々な役目を持っている。

樹がなくなればそれにより地下水がなくなってしまうし、張り巡らされた根っこがなければ地盤沈下や土砂災害が起こってしまうこともある。

それ故に基本的に都市部では、樹木の伐採量というのは決められている。

そして今後も樹木に困ることがないよう、細かな植林計画を行って将来的な樹木の生産と流通を調節するのだ。

ちなみに細かい取り決めのない田舎であっても、樹々の伐採は木こりによって行われる。

そして彼らの経験則によって、近くの山がはげ山にならないよう上手いこと調整して木材を切り出すのだ。

「私達であれば、少なくとも植林のノウハウがないこのあたりの人達より上手に樹木の管理ができますわ。もっともそのためにはある程度人員が必要になりますので、ウッディ様のスキルを使っていただき増員をする必要があると思いますが……」

エルフは森に関するプロフェッショナルだ。

世界樹の守人を自称する彼らは、森の生態系を一切壊すことなく保つことができるという。

増員に関しては、まったく問題はない。

そもそもある程度の人員を収容できるよう、ハウスツリーはかなり大きめに作っているからね。にしても……そうか、言われてみるとたしかに、今までどうして思いつかなかったのだろうと思うほどに大切な話だった。

なんでもかんでも領主の僕がやっているだけでは、早晩限界が来てしまう。

僕のスキルのごり押し以外にも手を持っておくというのは重要な気がする。

「たしかに、この領地に暮らす者達だけで樹木の植え替えや苗木からの植林計画なんかができるようになっておけば、今後のためになるでしょうね」

そもそも経験がない人員でやるなら、色々と試行錯誤をしてかなり時間をかける必要があるだろうけど、長いこと樹木と共にあるエルフ達は植林に関しては圧倒的なノウハウを持っているはず。

彼らが力を貸してくれるというのなら百人力だ。

「ウッディ様がお植えになる樹は、たしかに最上級と言ってもいいものです。けれどだからといって、枝葉の剪定《せんてい》や樹木同士の間隔が適当では困ります。今はこれでいいかもしれませんが、将来もこの砂漠に樹を残していくためには、今のうちからしっかりと知識を伝えていくべきだと思いますの」

僕は『植樹』のスキルを使って樹を植えることはできるけれど、樹というものに対しての造詣《ぞうけい》が大して深いわけではない。

そんな僕が樹木配置（改）のスキルを使って作った果樹園が、どうやらウテナさん的には気になるらしい。

どうやらあまり密生させすぎて根が絡み合ったりすると、のちのちの生育に問題が出てくる可能性があるらしい。

それに僕は知らなかったけど、場合によっては伐採してしまった方がいい樹木というのもあるようだ。

枝同士が重ならないように陽光を上手く浴びさせるための工夫であったり、虫などが寄りつきにくくなるような自然由来の薬品の塗布まで、やるのとやらないのとでは大きな違いがあるのだという。

「なるほど、色々とできることがありそうですね……」

「そうでしょう？　私としてもいつ言うべきかとずっとそわそわしていましたの」

「でも……いいんですか？」

もちろん色々なことを教えてくれるのは、僕としてはありがたい。

けれど樹々を守り育てていくための技術は、エルフ達が長い時間をかけて築き上げてきたもののはずだ。

本来であれば外に出ることのないような、門外不出と言ってもいいものである。

そんなものを対価もなしに教えてもらってもいいものだろうか。

何か贈り物とか……と思ったけれど、どうやらその必要はないらしい。

「ウッディ様はビビの里の恩人です。我らが長いこと守り続けてきた世界樹をもう一度生まれ変わらせてくれたウッディ様は、正しく救世主そのもの。我らができることなら何をしても返しきれないほどの恩が、既にあるのです」

そう言ってこちらに笑いかけるウテナさんは、僕がエルフと言われてイメージするような、美しい微笑を浮かべている。

「か、勘違いしないでくださいまし！　こんな素敵な場所を、人間やあの土踏み共に荒らされたくないだけですので！」

なぜか顔を真っ赤にしながら、そんなことを口にするウテナさん。

そっぽを向いてしまった彼女の態度を見て、素直じゃないなぁと思わず苦笑。

でもどうやらうちの領地のことを悪くは思っていないようで、そこは一安心ってところだろうか。

にしても……土踏み？

聞いたことのない言葉だけど、一体なんのことを言ってるんだろう？

「……（ちらっちらっ）」

ウテナさんは何かを期待するように、こちらをちらりと窺《うかが》ってはまた顔を背けてしまう。

自分が言い出したことがどんな風に思われているか気になっているからか、身体が小刻みに揺れていた。

……僕としてもちょっと思うところはあるけれど。

最初と比べれば、これでも大分マシになった方だ。

なんにせよ、ウテナさんの申し出は渡りに舟なのは間違いない。

なので僕はウテナさんにぺこりと頭を下げた。

「はい、それでは……よろしくお願いします」

それを見たウテナさんはさっきから感じていたらしい気恥ずかしさを引っ込めて、キリリとした表情を作りながら言う。

「このウテナにお任せあれ」

こうしてウテナさん率いる部隊がギネアの樹林の整備を行うことになり。

そしてどこからか話を聞きつけてきたらしいアカバネさん達もツリー村の樹木を整えていくようになり。

彼らによって計画的に整備、整地されていく土地を見て、僕は自分がいなくなってからもウェンティが続いていくだろうなと、少しだけ安心することができるのだった……。


ビビの里から追加で人員を呼び出してからしばらく。

僕は村長であるデグジさんに呼び出され、ギネア村へとやってきていた。

そこまで急ぎではないという話なので、特に急ぐことなく村の中を歩いていく。

そういえばと思い、少し寄り道をしてウテナさん率いるエルフ達が整備している樹林の方へと向かう。

最初に樹木配置（改）を使ってからは見てないからね。

進捗《しんちょく》状況の確認がてら、どんな風に変わっているかを楽しみにしながら向かってみると……。

「おぉ、すごい……」

素人の僕から見ても、整然と並んでいるのがわかる美しさだった。

僕の場合は採れる果物がわかりやすいように樹木は種類別で適当に並べているだけだったけれど、

ウテナさん達が整備したそれは正しく森だ。

色々な樹木が時に重なり合い、高木と低木のコントラストが美しい。

果物によって彩りも豊かなので、庭園にでもやってきたような気分になってくる。

今後のことを考えてデータを取るために、現在対照実験として樹と樹の間の距離を異なったものにした、三つの樹林を作っている。

どうやらウテナさん的には、二つ目のある程度間隔をおいたものの方がいいと思っているらしい。

「この聖域では良くも悪くも樹々が育ちすぎます。ですのである程度樹と樹の間の距離を取って、根の部分が絡み合わないよう余裕をもたせておくことが大切ですわ」

果物は毎日実るけど、樹木自体に目を向けたことはなかった。

その生長速度もどうやら普通の樹と比べるとかなり早いらしく、定期的にメンテナンスをしていかないと数十年後には鬱蒼《うっそう》と茂った森が誕生してしまうと言われてしまった。

聖域では作物や樹木の育ちが良くなるということは知っていても、そこまでのペースだとは思っていなかった。

でもたしかに思い返してみると、シムルグさんが管理しているツリー村のエレメントフルーツ園は日に日に大きくなっているような気がする。

まったく気付かなかった。盲点だったな……。

これがわかっただけでも、エルフ達に頼んだ甲斐《かい》があったというものだ。

「ただ、育つのが早いということは悪いことばかりでもありませんわ。樹木同士が大きくなって間隔が狭くなりすぎた場合には伐採をすればいいですし、幸い新たに植える苗木の生長も早いですから」

「なるほど……」

僕は今まで、果樹の伐採はほとんどしてこなかった。

果物はウェンティの生命線だ。収穫袋に入れておけば腐ることはないし、あればあるだけいいとどんどんと果樹園を大きく広げていたくらいだ。

笑顔ポイントに余裕はあるから生産量はまだまだ増やせるので、植樹レベルを上げるついでに大量の果樹を植えて、ツリー村やギネア村から広げていく形で、樹木を育てるスペースを拡張していってもいいかもなんて話をしたばかりだったりする。

でも今後長い目で見て考えると、それだとマズいのかもしれない。

今のところ食料は唸《うな》るほどあるし、アリエス王国内でもウェンティ印のフルーツのことが徐々に噂《うわさ》になっていると聞く。

ブランド価値をしっかりとつけていくためには、あまり大量生産をしすぎるのも良くないかもしれない。

そこは出す量を絞ればいいから問題はないか。

「そういえばウッディ様は、若木は出せたりするんですか？」

「うーん、世界樹を出す時は全部若木になるんだけど……僕が『植樹』で樹を植えると、なぜか普通に生長済みの樹が出てくるんだよねぇ……あっ」

そう言われてふと思いついたことがある。

世界樹と別の植物の交配。

それを今まで一度も試したことがなかったということに。

一体どうして、今まで思いつかなかったんだろうか。

世界樹というのは神聖なものだということが常に頭にあって、そのせいで世界樹を別の植物と交配するだなんて罰当たりだと、どこかでセーブをかけていたからかもしれない。

大量の世界樹を植えてる時点で何を今更って話ではあるんだけどね。

でも一応やっても平気かウテナさんに聞いてみた方がいいか。

世界樹事情には明るくないからね。

「ウテナさん、実は……かくかくしかじかで」

「世界樹と他の樹を掛け合わせる……ですか？　前例がないからなんとも言えませんけど……恐らく問題はないとは思いますよ？」

ウテナさんから許可（？）をもらったので、『植樹』を発動させる。

まず最初に何と交配しようかと思ったけれど、とりあえず一番使っているブドウの樹と掛け合わせてみることにした。

世界樹とブドウの樹を出して――交配を発動ッ！

するとあたりはまばゆい光に包まれ――光が収まった時、そこには一本のブドウの樹があった。

「これは……思ってたより沢山、笑顔ポイントを使うんだな」

現在の植樹ステータスを確認してみて、僕は驚きを隠せなかった。

僕の見間違いでなければ、笑顔ポイントが１０００近く減っているのだ。

いくらポイントは余っているとはいえ、ここまで大きく減るとちょっと不安になってくる。

笑顔ポイントの消費量の仕組みは、未《いま》だよくわかっていない。

たとえそれが世界樹であろうと、樹を植えるのに必要なのは4ポイント。

樹木守護獣を生み出すのに必要なのは10ポイント。

フレイザードウッドゴーレムを生み出すのに7000。

イリデスントウッドゴーレムを生み出すのに14000。

樹木間集団転移を行うのに必要なポイントは距離によって変わり、たとえばツリー村からトリスタン伯爵の屋敷に行くまでには1000近いポイントが必要になる。

基本的に、普通ではできないことをやろうとしたり、この世界にないものをスキルの力を使って強引に作ろうとしたりすると、ポイントは高くなる傾向にある。

交配を行う場合、必要になってくるポイントは何を作っても10前後だった。

1000近いポイントが必要になるということは……恐らくこれも、かなり稀少度《きしょう》が高いか、僕が新たに生み出したものということになるんだろう。

「ウッディ様、もしかしてこれは……？」

配合で新たにできた樹に近付いていき、しげしげと眺めるウテナさん。

僕もあごに手をやりながら、観察してみる。

「うーん……なんだかちょっと、樹の色が違う？」

一見するとただのブドウの樹だ。

けれどよく見ると、樹がうっすらと光っている。

世界樹のような樹結界《じゅけっかい》はなく、なんだかちょっとおしゃれな間接照明に使えそうだ。

ジッと見つめていると……ポコンッ！

僕らが見ている目の前で、突如として一つのブドウの房が現れる。

普通のブドウと比べると一粒がかなり大きめで、一口で食べきれるかギリギリなくらいのサイズ感だ。

それにしても、突然実が生《な》るこの現象は……世界樹が実をつける時のものとそっくりだ。

ということはこのフルーツは……世界樹の実（ブドウバージョン）ってことになるのかな……？

「とりあえず……食べてみようか」

「私が毒味致します」

先ほどまで後ろに控え、ことの成り行きを見守っていたアイラが前に出てくる。

「毒味って……僕が作ったフルーツだから大丈夫だと思うけど」

「だとしたら……そうです、このブドウがめちゃくちゃマズい可能性があります。それなら私が人《ひと》身御供《みごくう》としていただきます」

どこか慌てた様子のアイラ。

いつもの彼女らしからぬ落ち着きのなさが、どうにも怪しい。

「もしかして……ただこのフルーツが食べたいだけだなんてことは……」

「……（すっ）」

「視線を逸《そ》らされたっ!?」

別に理論武装なんかしなくても、食べたいならそう言ってくれればいいのに。

というわけでまず最初に、アイラに食べてもらい、感想を聞かせてもらうことにした。

「では、いただきます……（もぐもぐ）」

アイラは大粒なブドウの実を手に取ると、そのままかじりついた。

一口では食べきれなかったらしく、手に半分ほどのブドウが残る。

歯形の残っているブドウの実が、なんだか少しなまめかしく見えた。

「……」

目を瞑りブドウを味わっているアイラの表情は、普段と変わらない。

アイラはそのまま飲み込むと、感想を言わないまま手に持った残りのブドウの実を食べる。

再びアイラの頬が膨らみ、もぐもぐする彼女を見つめる時間がやってきた。

彼女はしっかりと食べきってからハンカチで口元を拭《ぬぐ》い、満足げな顔をしてこう言った。

「──百点満点中……百点です！」

アイラに続いて、僕とウテナさんもブドウの実をぱくりと食べる。

「なにこれ……今まで食べたブドウの中でも、圧倒的に美味《おい》しい」

「せ、世界樹の恵みをこの口に……お口が喜んでおりますわ……」

まるで砂糖の塊を食べてるんじゃないかと思うくらいに強烈な甘み。

にもかかわらずくどくなくて、気付けば次の一つを口の中に放り込んでいる。

皮ごと食べられるタイプで、驚いたことに皮まで甘い。

こんなものが自然界にあったら、あらゆる生き物が我先にとこれを食べるために争うだろう。

なるほど、これが世界樹と交配をして生み出したフルーツか……。

半泣きになっているウテナさんは、ハンカチで目元を拭《ふ》きながら器用にブドウを食べている。

でもたしかに、感動するほどに美味しいというのは僕も同感だ。

美味しい果物が作れるから、ポイントが高いのかな。

それともフルーツの樹に世界樹の性質を持たせることができるから高いのかな。

「でもなんにせよ、これはうちの新しい特産品にはなりそうだね」

ウェンティのフルーツは、ただでさえかなり裕福なところでなければ手が届かないレベルの高級品になっているけれど、これは更に上――豪商や貴族、王族御用達《ごようたし》のフルーツとしてブランディングができそうだ。

エレメントフルーツなんかと似た感じで一目で普通のフルーツと違うのがわかるから、贈答品としておあつらえ向きだ。

「ただこれに関しては生産数をかなり絞らなくちゃね。量を増やして値崩れしないくらいの超高級品にしなくちゃ」

使う笑顔ポイントもかなり高いし、作る数は慎重に決めなくちゃ。

とりあえず全部の果樹を一本ずつ世界樹と掛け合わせていって、生育するところから初めてみようか。

世界樹の実は一つ白金貨千枚以上の値がつく。

となるとこのフルーツの値段は……うーん、同じくらいの値段にしておくのが無難だろうか？

多分だけど僕のスキルで新しく生み出せるようになったフルーツだから、前例がなくて値段のつけかたがわからない。

とりあえずその辺のことは、後でマトンやランさんと協議して決めていくのがいいだろう。

「ウッディ様、名前はどうなさるのですか？」

「世界樹と別の果樹を掛け合わせたフルーツ……うーん……ちょっと安直だけど、ロイヤルフルーツとかでいいんじゃない？」

多分だけど、これを世界樹の実として売り出してしまうと現在非常に厳選して配っている世界樹の実の値段が暴落してしまう。

なのでこれはあくまでも僕が開発した新種の果物ということにしておいた方がいい気がする。

値段を世界樹の実より安くしておけば、まさかこれが世界樹の実と気付く人もいないだろうし。

樹の名前はどうしよう……。

これに関しては関係者を最小限にするつもりだから、わかりやすく世界樹フルーツの樹とかでいっか。

「ただこの樹は樹木配置で場所を移しておかないとね……どこで育てていくのがいいかな？」

「ウッディ様、もしよければ私達にお任せいただけませんか？」

「……ウテナさん達に？」

今まで基本的に果樹の面倒はほとんど見てもらっていない。

聖域が万能すぎるおかげで、枝の剪定《せんてい》や皆が食べる分の果実をもいだりするくらいで、水やりや根っこの切り出しなどをしなくても、樹木は常にみずみずしい状態を維持することができていたから。

けどその弊害というか、今のツリー村やギネア村には樹木に詳しい人間がいない。

それならロイヤルフルーツを育てるのは、ウテナさん達に任せてしまった方がいいかもしれない。

ウテナさん達エルフは、ここ最近、植林活動に真摯《しんし》に取り組んでくれているし。

それだけ沢山のことをしてくれている彼女達なら、信頼できる。

真面目で几帳面《きちょうめん》な彼女達なら、ロイヤルフルーツをネコババするようなこともしないだろうから。

「もももももちろんですわ！」

一応釘《くぎ》をさしたらめちゃくちゃキョドられてしまって、そのせいで信用がガクッと落ちてしまう。

まあしっかりと育って、流通させたり融通したりする分以外にも余ったら、エルフ達に分けてもいいとは思っていたけどさ。

「ちゃんと樹々が大きく育てば、きっとロイヤルフルーツをあげられる時もくると思う。だから気長に頑張ってみてほしいな」

「任せてくださいまし！　このウテナ、ロイヤルフルーツを食べるために頑張ります！」

ここまで正直に心の声をさらけ出してくるとは流石に思っていなかった。

……まあ頑張ってくれるなら、いいか。

「ウッディ様、そろそろ行くべきでは？」

「え……あ、そうだった！」

ふとした思いつきからロイヤルフルーツを作れたおかげでついうっかり忘れていたけど。

今日僕らがギネア村に来たのは村長のデグジさんに呼び出されたからだ。

「じゃ、じゃあ僕らはそろそろ行くね。定期的に確認しにくるから、その時は報告お願い！」

僕は作った世界樹ブドウの樹の横に、現状で生産できる世界樹フルーツの樹を生み出していく。

そして最後に、それらを久しぶりに使う植木鉢のスキルを使って土製の鉢に入れていく。

「任せてください、この子達が立派に育つまで、面倒見させていただきますわ」

「そんな子供みたいな」

アイラのツッコミにもどこ吹く風。

世界樹フルーツの樹に母性を発揮しているウテナさんと別れ、僕らはデグジさんのところへ向かうのだった。

そういえば一体、何の用なんだろう。

一度気になったせいでどうにも身体がそわそわするから、早足で向かうことにしよっと。

「おおウッディ様、良く来てくださいました！」

デグジさんは一見すると商人のように見えるおじさんだ。

年齢は三十代後半くらいで、身体全体にローブとトーガの間のような服を巻き付け、服と同じ素材でできた白い帽子を被《かぶ》っている。

「デグジさん、お久しぶりです。調子はいかがですか？」

「まぁ、ぼちぼちといったところでしょうか。この砂漠で普通に生活ができているというだけで、十分幸せを感じておりますです、はい」

デグジさんは身長は僕と同じくらいだけど、横のサイズは倍くらいある。

でっぷりと大きく、いつも汗を掻《か》いていて、しきりにハンカチで顔を拭っている。

「以前王国にいた頃の体重を最近突破しまして。まだまだ太ろうと思いますです、はい」

「あまり太りすぎるのも問題だと思いますけど……？　自分の身体は大切にしてくださいね」

体重が増えてなぜ笑顔になるんだろう。

ガリガリで体重を増やさなくちゃとかならわかるけど、デグジさんは元からどちらかというとぽっちゃりだった気がするが……。

「この砂漠に来てからというもの痩《や》せる一方でしたので、はい。太れる幸せを噛《か》みしめておるのです、はい」

「なるほど……」

沢山食べられて嬉《うれ》しい、的な感じなわけか。

たしかにその気持ちはわかるので、僕も彼に同意しておくことにした。

デグジさんは以前は行商人をしていたらしく、彼の人当たりは非常にいい。

その体形と柔和な顔つきのおかげで、誰からも好かれる不思議なキャラクターをしている。

ちなみになぜ砂漠に来たかというと、商人なのに商売っ気がないのが致命的だったらしく、破産してしまったからということだった。

商売の才能はないかもしれないけれど、その誰からも嫌われないキャラをそのままにしておくのはもったいないと思い、村長に抜擢《ばってき》したのだ。

ちなみに彼は『話術士』の素養を持っている。

素養の力と持ち前のコミュニケーション能力で、色々と理由があって王国からやってきている村人達を上手いことまとめてくれているのだ。

「それでは早速なんですが、僕達を呼んだ理由を教えてもらえたらと」

「はい、もちろんでございます、はい。こちらをご覧ください」

そう言ってデグジさんが持ってこさせたのは——巨大な塊だった。

「これってもしかして……」

「はい、ウッディ様の想像通り鉄塊でございます。ようやく製鉄業の方が軌道に乗ったようでして」

ギネアの村にはホイールさんが作り出した鉄鉱山がある。

なんでもホイールさんの魔力が聖域に馴染《なじ》み、人口が増えて彼への信仰心が増えていけばその分だけ力を使えるようになるらしく。

既に鉄鉱山だけでなく、銀鉱山や金鉱山なども作られ始めている。

更にこれはまだ表には出していない情報だけど、小規模ながら岩塩も採れるようになっていた。

この砂漠では、とにかく塩が手に入らない。

そしてランさん達行商人を経由するとかなり値段が上がってしまう。

今後生活に必要不可欠な塩を生産できるようになると、秘《ひそ》かに期待していたり……ってそれは今はいいか。

にしても、採れるようになった金属の精錬を始めてもらってからまだそんなに期間は経ってないと思うんだけど……こんなに早くできるものなんだね。

「そんなにスムーズにできたのには、何か理由があるのかな？」

「村人の中に素養持ちがいるのが大きいと思われます。『火魔法』の素養持ちがいれば製鉄に必要な高温を出すことができ、『錬金術師』の素養持ちがいれば不純物の分離・加工がスムーズに行えますので」

「なるほど、素養の力があったからこんなに早くできたと……」

僕は素養の力を見誤っていたかもしれない。

どうやら素養の力は、僕のちんけな想像力では想定もできないほど多くの可能性を秘めているようだ。

――アリエス王国では、よほど裕福か強力なコネを持っている人でもない限り、平民に祝福の儀を行わせることはない。

少なくとも王国において、素養持ちというのはそのほとんどが貴族である。

そして貴族というのは、労働ではなく労働のアガリで食べていく側の人間だ。

素養持ちは純粋に数が少ない。

また貴族社会から出てくる数少ない素養持ちは、その力を活《い》かすために冒険者などの特別な職種に就くことが多いため、素養を持った人材が巷《ちまた》に流れることはあまりない。

そのため素養をどのように仕事に使っていったり、産業に活用していくかという部分に関して、僕らにはほとんどノウハウがないのだ。

ウェンティには聖教の教会は一つも存在せず、砂漠の民の土着の信仰があるおかげで聖教が入ってくる余地はない。

一時期聖教が流れてきそうになったらしいけど、シェクリィさんが事前に築き上げていた風樹教《ふうじゅ》とかいう宗教が強すぎるせいで、まったく流行《はや》らなかったらしいしね。

なので僕らは貴族だけが素養を持つのだという宗教的な考えに縛られることなく、実利に基づいて動くことができる。

シェクリィさんを始めとする聖職系の素養を持つ人間が何人かおり、また王国のように聖教の影響もない。

そんなウェンティの地には、王国貴族である僕では気付けないような可能性に満ちあふれているのかもしれない。

「つまり……製鉄ができました、すごいよ褒めて的なことを言うためにわざわざウッディ様を呼びつけた、ということですか？」

「そ、そんな、滅相もございません！　むしろご相談というのはここからでして！」

『水魔導師』としての力が漏れ出し、室内の気温を下げているアイラをデグジさんが慌てて取りなそうとする。

アイラはそれでも機嫌を直さなかったけど、僕がその手をキュッと握ると魔法の気配はすぐに霧散した。

アイラは僕にはとても優しい。

けれど彼女は自身でウッディ過激派とかいう謎の教義を掲げるくらいに僕以外の人には厳しい。

そんな彼女のことを愛《いと》しいと思う反面、もう少し他の人にも愛想良くしてくれるといいんだけどとも思う。

「相談……ですか？」

「はい、次はこちらを見てほしいのです」

続いてデグジさんが出してきたのは、木材と鉄を組み合わせた製品の数々だ。

持ち手や継ぎ目部分に鉄を当てている木製のジョッキや、持ち手に木材を使っているカトラリー類などがどんどんと出てくる。

「これが今のうちで出せる製品になりますです、はい」

「結構いい感じじゃない？」

「はい、十分売り物になるレベルかと」

デグジさんが出してきた製品はどれも十分クオリティは高いように見えた。

僕はあまり審美眼がある方ではないけれど、少なくとも雑貨屋に並んでいても違和感がないくらいの製品にはなっているように思う。

「うちに昔木工職人で丁稚《でっち》をしていた者と、『金物師』の素養を持つ人がおりましてな。彼らに頑張ってもらって、ようやく形になってきましたです、はい」

「これを卸すための販路が欲しいという話ですか？」

「はい、それもありますです。でも今一番悩んでいるのは、こうやってパーツやちょっとした製品として使うだけでは到底使い切れない鉄をどのようにするかというところでして、はい……」

どうやらギネアの製鉄業は上手くいっている……というか、上手くいきすぎているようだ。ウェンティでは僕が笑顔ポイントを使って樹を出すことが可能なため、実質燃料に限界はない。

ゆえに既にかなりの量の鉄鉱石が採掘可能であり、色々と技術的な工夫をするだけの余裕もある。

それで張り切りすぎた結果、既に鉄がだぶつき始めており、そう遠くないうちにギネア村やツリー村で使う鉄製品だけでは到底消費し切れないほど大量の鉄が作れるようになってしまうという。

喜ばしいことではあるんだけど、今後も大量に生産される鉄をどんな風に使っていくべきかというのは、たしかに難しい問題だ。

そこまでの大きな話になると領主に相談する必要があるだろうと、呼び出されたのにも納得がいく。

「なるべくなら鉄は加工して売りたいよね……」

「うちは輸送コストが高めですから、できるだけかさばらないようにしておきたいですよね」

そう、うちの領地は輸送コストがとにかく高い。

まず砂漠を横断している間に砂漠に棲《す》み着いている魔物達から襲われないように、商隊を護衛するための冒険者を雇わなくちゃいけないから、その分の護衛代を上乗せしなくちゃいけない。

それで終わりじゃないよ。

そこからコンラート領へ入り、荒れ地を抜けてから大きい街まで向かい、更にそこから他領へ向かう必要があるからね。

基本的に貴族の領地をまたいで商品を売ろうとする場合、それを許してもらうためには通行税と呼ばれる物を払わなければならない。

なので僕らはコンラート領以外で物を卸す場合、父さんに上納金を支払う必要があるのだ。

鉄はとにかく重たいしかさばる。そんなものを遠方まで運ぶとなれば、足が出るとまではいかなくても、かなりの薄利になってしまうのは間違いない。

これが大都市に近かったりすれば鉄鉱山のある村として栄えたんだろうと思うと、なんだかちょっと悔しい気持ちになってくる。

「鉄を高く売るためにはやっぱり武器・防具にして売るのが一番だよね」

「間違いないです、はい。ですがうちには細工師はおるのですが、鍛冶《かじ》師は一人もおらんのです……はい。マトンさんに聞いたところ、ウェンティの人材にも一人もいないようでして……」

鉄を高く売る方法と言われて一番に思いつくのは、やはり加工だ。

単体ではそこまで高く売れない鉄を、加工することで高値で出荷する。

鉄製品で最も需要があるのは、国内外で争いが続いている王国では、やはり武器と防具だ。ついで細工品になるけど、細工品は職人の腕によって値段が本当にピンキリだ。

長い目で見ていけば育てていくという選択肢もあるかもしれないけど、今僕らがやらなくちゃいけないのは鉄の消費だからね。

今すぐにとなると、腕利きの職人を引っこ抜いたりしない限り、日用品以上の需要を見込むのは難しい。

「それなら鍛冶のできる新しい奴隷を見繕ってくる?」

「ウッディ様、それはやめておいた方がいいかと思います。うちはただでさえ、王都に目をつけられていますので」

「うっ、そうだった……」

以前僕は有事を想定し、笑顔ポイントを得るために大量に奴隷を買い込んだ。

そのせいで王国内で色々と問題が起こったらしく、しばらくは人材の引き抜きや奴隷の買い取りはやめてくれと遠回しに言われているのだ。

奴隷っていうのは貴重な労働資源なので、大量にいなくなってしまうと現在の産業構造を維持することが難しくなってしまう。

なのでしばらくの間奴隷の力を使うのは難しい。

となると鍛冶ができる人材を引き抜いてくるのが一番手っ取り早いかなぁ。

幸いうちは木材には事欠かないし、そこまでお金に困っているわけでもないから、条件面を良くすればいけそうな気がする。

のれん分けのできていない工房の二番手三番手くらいなら、引き抜けるんじゃないかなぁ。

「ウッディ様、実はこのデグジ、一つ面白い話を聞きましてですな」

「面白い……」

「話……？」

僕とアイラは首をこてんと傾《かし》げる。

すると僕らを見たデグジさんが、いつの間にか交換していた二枚目のハンカチで汗を拭《ふ》きながらこんなことを口にしたのだ。

「実はダークエルフ達が住んでいたところより更に北へ向かったところに、ドワーフと呼ばれる亜人達が住んでいるらしいのです。ダークエルフの住民達にお願いをして案内をしてもらえれば彼らと交渉ができるのではと……このデグジ、愚考致しますです、はい」

第二章

僕はミリアさん達に話を聞かせてもらうため、一度ツリー村に戻り、彼女が率いるダークエルフ達の居住地区へとやってきた。

ダークエルフ達の中には狩人《かりゅうど》として活動してもらっている者も多く、現在ではサンドストームに入隊してくれているダークエルフも何人もいる。

全員が戦士であるというダークエルフ達は訓練ができる場所がいいと希望していたので、サンドストームの兵舎にほど近いところに住居を構えてもらっている。

ミリアさん達が集落に居たダークエルフ達を一人残らず連れて来たため、既にツリー村のダークエルフの人口は五十人近くいる。

うちには食料問題はないので、これくらいの受け入れならもうお手の物だ。

今ではミリアさんやルルさん経由で別のダークエルフ達も呼んでいるので、多分将来的にはもう少し数が増えるだろうというのが僕の見込みである。

ダークエルフ専用の住居区画を作らなければいけなくなった時のてんやわんや状態を思い出し、またあんな感じになるのかなぁと考えながらミリアさんの家に近付くと、誰かが出てきた。

「ウ、ウッディ様、こんにちは！」

出てきたのは、ガチガチに緊張している様子の男の子だった。

見た目は僕と同じくらいだけど、ダークエルフだから多分年上だろう。

耳が少し短めなので、もしかすると違う種族だったりするのかもしれない。

ダークエルフ達はサンドストームの人達と同様、どうにも僕を神格化しすぎているきらいがある。

僕としてはもうちょっと適度に気安く接してもらえるとありがたいんだけどなぁ。

「ミリアさんはいる？」

「ミリアは今留守です、狩りに出かけております！　戻るのは日暮れの午後五時頃の予定です！」

ダークエルフの青年がカチコチになりながら、恐らく事前に暗唱させられていたであろう文言を告げてくれる。

やや棒読みな台詞《せりふ》を耳にしてから時計を見る。

時刻はまだ午後三時、ここで待っていてはちょっと時間を持て余す。

「それなら適当にツリー村の視察でもしながら時間を潰《つぶ》そうか」

「お供致します」

僕はダークエルフの青年に別れを告げ、一度ツリー村の中心部へと向かうことにした。

既に時刻は午後三時を回っており陽光は弱まる頃だけど、ツリー村の村人達の熱気はまったくといっていいほど衰えていなかった。

現在ツリー村は人口が増えてきたことで、区画整理が進んでいる。

当初住んでいた人達は村の中心部で暮らしており、そこから新しくやってきた者がその外側に住んでいくような形になっていて、ハウスツリーが放射状に広がっている。

だったら中心部が一番栄えているのかと言われると、決してそんなことはなく。

最近世界樹の実やピーチ軟膏《なんこう》、ウェンティ印のフルーツなど色々と売れる商品を商い始め、きちんと儲《もう》けることができるようになっているランさんが構えている『爆轟《ばくごう》商店』の付近が一番人通りが多くなっている。

そのあたりにウェンティのフルーツを使ったスイーツを出したりする店やちょっとオシャレなパン屋さんなども出店しており、恐らくはあそこ一帯がツリー村の目抜き通りになっている。

現在、ウェンティの住民の数は大きく増え続けている。

いざという時の決戦のためということで、僕がなりふり構わず奴隷を購入しては解放したり、未《いま》だ編入を渋っていた砂漠の民をじゃんじゃかウェンティへと連れて来ているからね。

そのおかげで一日に得ることのできる笑顔ポイントは現在では既に3000を超えており、今ではポイントの枯渇を気にすることなく力を使えるような状態になっているし、選定した枝木以外にも樹木のうちのいくつかを木材として住民達に提供できるくらいの余裕が出てきた。

人が増えれば、その分だけ問題も発生する。

最近ではあまり村の人達の陳情が上がらなくなってきているけれど、きっとマトンが僕の知らないところで、サボるために作業の効率化をしてくれているおかげだろう。

そして人が増えるのは、何も悪いことばかりではない。

歩いていると金属を叩《たた》くカンカンという甲高い音が聞こえてくる。

外から覗《のぞ》いてみると金物屋のようで、鍋《なべ》からフライパンまで色んな商品が並んでいた。

採れた鉄は、こんな風に人々の生活に使われているんだ。

目抜き通りを抜けると、井戸端会議をしている主婦の方達がいる。

少し外れたところに行くと、解放奴隷であり現自由民の皆がせっせと労働を行っていた。

この村はどんどんと大きくなっている。

規模的にはそろそろ、村を卒業して街に足を突っ込んでいるかもしれない。

そしてあまりにも雑然としていて、今後どんな風になっていくのかは今の僕には想像もつかない。

「こっちとか、ちょっと路地が入り組みすぎてるね」

「死角や人目につかない場所が結構多いので、今後不心得者が流入して治安が悪化した場合、少し危険かもしれません」

「もう少し区画整理、ちゃんとしないとダメかもなぁ」

こうして視察をしていると、色々なことが見えてくる。

僕は上から強引に何かをするのはあまり好きではないので、基本的に下からの意見はなるべく吸い上げて、可能な限り採用するようにしてきた。

でも色んな意見を取り入れすぎたせいで、なんか全体的にごちゃっとしすぎてるかも。

なるべく反感が出ない形で、もう少し外観とかを調整する必要がありそうだ。

マトンに言っておかなくちゃなぁ。

皆に納得してもらうために、シェクリィさんに調整役をお願いする必要もあるかもしれない。

「植林を順調に進めて、いずれはウッディ様が力を使わなくても暮らしていけるようにしなくてはいけませんね」

「そうだねぇ。できれば子供には、何もしなくても上手《うま》く運営していける領地を渡さなくちゃいけないし」

「子供、ですか……」

『植樹』の力が子供に引き継がれるかは完全な未知数だ。

そして僕は父さんのように、子供の扱いを素養で変えるようなことはしたくない。

だから僕は子供が大きくなるまでに、『植樹』の素養がなくてもなんとか回っていくような村作りを目指すつもりだ。

製鉄業は、自給自足や外貨獲得のために必要不可欠なステップ。

気を抜かずに挑まなくちゃいけない。

そんなことを考えているうちに、ミリアさん達が狩りから帰ってきた。

疲れているところに申し訳ないと断りを入れてから、話を聞かせてもらうことにした。

するとミリアさんとルルさんは、こくりと頷《うなず》く。

「ええ、うちとドワーフは交流がありましたので住んでいる場所も知っていますよ。何かが起きていなければ、ドワーフは私達が住んでいたより更に北にあるマグロス火山というところにいるはずです」

交流があったというのなら話は早い。

僕達は領内で発生しつつある鉄のだぶつきを解消するため、急ぎドワーフ達とアポイントを取るための準備に奔走することになった。

――ドワーフというのは、エルフやダークエルフ達と同じ亜人のうちの一種族だ。

その特徴はずんぐりむっくりな体つきと、力の強さ、そして手先の器用さにある。

男性の場合は巌《いわお》のような筋肉だるまのひげもじゃおじさんになり、女性の場合は成人を過ぎても幼女のような見た目になるのだ。

彼らの中には鍛冶を得意とする者が多く、ドワーフは寝ている時でも金槌《かなづち》を握っている、なんて言われるほど。

ドワーフが作った逸品だというだけで価値が上がるほどであり、ある種のブランドとして作用するほどの効果を持っているのだ。

彼らを味方につけることができれば、たしかに鉄のだぶつきは解決してくれるだろう。

それが細工師であるにしろ、武器や防具を作る鍛冶師であるにしろ、鉄を使う加工品のスペシャリストであることに変わりはない。

できればドワーフも、ウェンティに招き入れてしまいたい。

シエクリィさん達ウェンティの有力者達に提案をしてみたところ……。

「いいのではないでしょうか？　ギネアの振興を考えれば鉄の加工業は今すぐにでも発展させるべきですし」

「また私の仕事が増えますね……なんとかして他人に任せなければ！」

「鉄が使えるようになるのはいいことなのは間違いない！」

シエクリィさんやマトンさん、ジンガさん達を含め、皆が賛成だった。

自分達の中の世界で長い年月を積み上げてきたエルフやダークエルフ達と違い、ドワーフは比較的人間と共に歴史を歩んできている種族である。

実際、アリエス王国の中でもドワーフはそこまで珍しいわけではない。

ドワーフは基本的に人間との交流を絶つことがない。

なぜかと言うと、ドワーフ単体ではそこまで高い製鉄技術を持っていないからだ。

彼らが納得する水準の製品を作るためには、鉄の加工品に対する高い需要から日々生産性や質の向上に努めている人間側の技術が不可欠なのである。

「何かドワーフ達を引き込めるようなものを用意できるといいんだがな……」

そう言って頭を悩ませているナージャ。

なんとかしてドワーフを、自領に引き入れることができないか。

それは王国中の貴族という貴族が全員頭を悩ませている問題だったりする。

彼らはどちらかと言えば職人気質《かたぎ》で、自分が好きなことを突き詰めることを好む。

エルフにも増してこだわりが強く妥協ができない彼らは、基本的によほどの条件を出さない限り力を貸してくれることはない。

彼らはそもそも金銭に無頓着《むとんちゃく》な者が多く、稀少《きしょう》素材を買うためのものくらいにしか思っていない節がある。

ドワーフが求めるのは自分の技術を高めることができるだけの素材と環境だ。

僕も攻める糸口があるなら、そこだと思っている。

実際王国の中にはドワーフが開いている武器防具屋なんかもある程度存在しているらしいし、中には貴族に仕官しているお抱え鍛冶《かじ》師なんかもいると聞く。

ドワーフの誘致は、決して不可能ごとではないと僕は思っているのだ。

「というか、ドワーフを引き抜くだけなら、結構簡単だと思ってるんだよね」

「何だと!?　もしかして何か妙案でもあるのか、ウッディ？」

「うん、まあ妙案っていうほどのものでもないけど……要は最高の仕事場を提供できればいいわけじゃない？」

ドワーフが求めているのは各種金属と、高温での加工に耐えることができる炉だ。

前者については、ホイールさんにお願いをすればいい。

ある程度時間をかければ好きな金属を生み出すことができるようになるという話だから、金属素材に関しては、鍛冶職人としてそれ以上は見込めないくらいの好待遇で迎え入れることができるはずだ。

好きな素材を好きなだけ使えるなんて、他ではありえないと思うしね。

それと後者の炉の問題だけど……これは僕がかつていたコンラート領で使われている、高炉という秘匿技術を使って解決しようと思う。

これは簡単に言うと、従来よりも耐火性の高い素材を使ってより高温での作業を可能とする炉だ。

純度の高い鉄を作ったり、ミスリルやオリハルコンといった魔法金属を融解させるには、この高炉の技術が使われている。

その肝は炉に使われる耐火レンガにあり、僕はよくわからないけれど耐火レンガを通常のレンガの中に混ぜ込むことで作ることができるようだ。

この説明を聞く度にいつも思うんだけど、これって一番最初の耐火レンガはどこからやってきたんだろう。

って、それは今はいいか。

父さんから使用の許可は既に出ていて、そのための耐火レンガのいくつかは既に保管してある。

全部の炉に使えるほどの量がないため使いどころを考えていたんだけど……ドワーフを引き抜くことができるのならここが使いどころだと思う。

「腕のいいドワーフ達に使ってもらえるなら、高炉もそっちの方が嬉《うれ》しいだろうし」

「炉がどう思うかを考えるのはウッディぐらいだと思うぞ……」

「でも、ウッディ様らしいです」

というわけで僕らはこの二つのカードを持って、ドワーフへ殴り込みをかけることにした。

「その前に、エルフ達への確認ですね」

「うん、今日アカバネさん達がいるのは確認してるから、今から行っちゃおう」

ドワーフの誘致にあたって一番難点となるのは、やはりエルフ達のことだ。

エルフとドワーフが犬猿の仲だというのは、亜人についてあまり詳しくない人達であっても知っているくらい有名な話。

僕らは念のためにアカバネさんにアポを取り、大丈夫か伺いを立てておくことにした。

一応エルフの交流団の中では、彼がリーダーになるから、その方が後々の話もしやすいだろうしね。

「ふむ……まあ居住区画を分けて、接触を避ければ問題はないと思うでござるよ。もっとも、エルフの中にはドワーフのことを土踏みなどと呼ぶ輩《やから》が未だにいるのも事実でござるが……」

こないだウテナさんが言っていた土踏み……あれってドワーフのことを指す蔑称だったんだ。

ウテナさんとドワーフを近づけたら間違いなく喧嘩《けんか》するだろうな……うーん、やっぱり人員の交代を打診すべきかな？

「ウテナさんやメゴさんがドワーフと会っても、問題ないと思いますか？」

「うむ、問題のうござろう。エルフとドワーフの仲が悪いのは、樹木を守ろうとするエルフと伐採して火にくべようとするドワーフのその種族の違い故。ウッディ殿の力があるこの場所では、きっと口げんか以上のことにはならないと思うでござるよ」

なるほど……そんなものなのかな。

エルフとドワーフは仲が悪いと聞かされてきた僕からすると、ちょっと想像がつかないけど……アカバネさんがそう言うなら、きっと大丈夫なんだろう。

「もしエルフのことで難癖をつけられそうになったのなら、まずはこのアカバネを呼んでくだされ。最初に拙者が話を通しておいた方が、他の者達もやりやすいと思うので」

「ありがとうございます！」

ということでエルフ達の許可も無事にゲットした僕らは、北にあるというマグロス火山目指して歩いていくのだった。

以前僕はミリアさんがダークエルフの皆に合流してもらう際、目印として彼女に非果樹タイプの世界樹を渡していた。

そして実はあの世界樹は、もしものことがあった時のためにかつてミリアさん達が使っていた集落に植えてきていたのだ。

今後いずれもっと北に目を向けることがあるだろうと思っての備えのつもりだったんだけど……まさかこんなにすぐに使うことになるとは。

樹木間集団転移を使い、集落跡地へと飛んでいく。

今回のメンバーは僕、ナージャ、アイラ、ミリアさんにルルさんの五人だ。

樹木間集団転移は生物以外の馬車などを転移させることはできないため、僕らは世界樹に転移をしてから、ミリアさん達の案内に従って北へと歩いていくことにした。

周囲に展開しているウッドゴーレムが植木鉢に植わった世界樹の若木を持っており、樹結界が展開して砂を弾《はじ》いてくれるため、道中も快適だ。

「うーん、なんだかこの感覚も久しぶりだね」

「懐かしいですね……あの時は二人でしたけれど、今ではすっかり大所帯です」

「それはそうだ！　ウッディは砂漠に追放されてもそれで終わるような男ではないからな！」

な、ナージャからの期待が重い……。

そうだねと答えると、彼女は気を良くしたのかブンブンと剣を振り始める。

「そういえばミリア達の剣は、ドワーフに作ってもらったものなのか？」

「は、はい。我らダークエルフには製鉄技術がありませんので、魔物の素材や獣の毛皮と交換する形で取引をしておりました」

「見せてもらってもいいか？」

「はい、どうぞ」

ミリアさんは身体強化の達人であり、剣を使わなくても十分な戦闘能力がある。

なので彼女が剣を持っている頻度はさほど高くない。

なんでも身体強化を剣にかけることができない関係上、基本的には素手の方が強いんだとか。

相手との相性によっては剣を使うらしいけど、血の臭いで魔物を呼び寄せるからって、出会った時も剣は持っていなかった。

ミリアさんが剣を鞘《さや》から抜き放つ。

強い日の光をキラリと反射させるその剣は、かつて見たことがある片刃の剣によく似た形をしていた。

アカバネさんが持っているのに近いものだ。

えーっと、名前はなんて言ったたっけ……。

「それってもしかして、カタナ？」

「はい、ドワーフの職人もそう言っていました。もしやウッディ様は、刀剣類にも造詣《ぞうけい》が深いのですか？」

「いや、ただ家の武器庫で……」

「当たり前ではないですか！　ウッディ様の心眼はあまねく世界を見通しているのですから、そんな当たり前のことを聞くなどウッディ様への不敬ですよ！」

「こ、これは——失礼致しましたッ！」

なぜかドヤ顔で胸を張っているアイラと、申し訳なさそうに頭を下げるミリアさん。

その様子を見た僕は、さっき痛んだ胃が更にキリキリとするのを努めて無視しながら、その剣に見入る。

「その剣って、耐久性の方はどうなの？」

「これを使い始めてから半年以上経《た》っていますが、今のところまだガタはきていないですね。細かく手入れはしていますが、かなり雑に扱っても耐えます」

「ほほう、それはなかなか……」

刀剣類というのは、基本的には消耗品だ。

手入れしているといっても、半年というのは結構もっている方だと思う。

それなら切れ味の方は……と思い枝打ちした枯れ枝を斬ってもらうと、バターにナイフを入れる時のようにスッと真っ二つになった。

かなりの切れ味と耐久性だね……思ってたよりずっと性能が高い。

というかむしろ高すぎるのでは。

想像よりはるかに、マグロス火山にいるドワーフは剣作りに精通しているのかもしれない。

「といっても、これはいくつか魔物の素材なども練り込んでいる特別製ということでしたから、数打ちの剣はこれほどの性能はないと思います」

「うん、他のダークエルフ達が使ってる剣なんかは普通にポッキリ折れちゃうことも多いかも」

なるほど、つまり一点物の高級品と数打ちの量産品どっちもいけるってことなのか……。

これはますます、そのドワーフを口説き落としてみたくなってきたぞ。

頼んだら僕だけの刃文が綺麗《きれい》なカタナとか、作ってくれないかな。

格好いい刀剣類って、やっぱりいつまで経っても男心をくすぐるよねぇ……。


それからも進んでいくことしばし。

本当ならミリアさん達に世界樹を渡して、マグロス火山まで行ってもらってから転移で行ってもいいんだけど、今回は僕が勧誘する側の立場だ。

そういう横着をするのは良くないと思い、ちょっとキツいけれど何日かかけて砂漠を歩いていく。

といっても、やってきたばかりの時とは違う。

僕らは日の出から月の光でも足下が見えにくくなるほど夜遅くまで歩けるだけ歩き、そこに樹を植えて樹木間集団転移を使って戻るというやり方を取ることにした。

これなら皆少なくとも夜は、ぐっすりと自分の家で寝ることができるからね。

距離は、思っていたよりもずっと長い。

定期的に一日休みを挟んだり、領主としてアポイントの入っている商会の人と慣れないやりとりをしたりしながらも、毎日毎日着実に進んでいった。

そうやって進んでいくこと一ヶ月。

ようやく遠くに山が見えてきた。

ほっ、良かった……思っていたほど遠くなくて。

といってもまだまだかかりそうだけど、たどり着く場所があるなら頑張れる。

「ようやく見えてきた……以前と比べると、色々と雲泥の差だな」

「前は精鋭を引き連れて、命がけだったもんねぇ」

どこか遠い目をするミリアさんとルルさん。

どうやら以前ドワーフの集落で剣を鍛えてもらった時はかなり大変だったようで、当時のことを思い出してるのか苦い顔をしている。

「けれど今回は被害どころか、疲れすらほとんど残っていない。それもこれもウッディ様のおかげだ。本当に、ありがとうございます」

「いえいえ、今回無理を聞いてもらっているのはこちら側ですから」

「ウッディ様には助けてもらった恩があるからね、一肌でも二肌でも脱ぎますとも！」

「ふふ……ありがとうね」

それから更に歩くこと丸一日。

日が暮れて空の色がオレンジから紺に変わる頃、僕達は無事マグロス火山へとたどり着くことができたのだった。


「大きいねぇ……」

マグロス火山は、僕が当初思っていた感じの火山とは全然違っていた。

僕のイメージだと火山ってこう、山頂からもくもくと煙が出ていて、とにかくごつごつした岩肌がむき出しになってる感じだったんだけど……マグロス火山は特に山頂から何も出ていないし、山肌がたくさんの樹々に覆われていた。

そしてとにかくサイズが大きい。

麓《ふもと》のここからだと、山頂が見えないくらいに大きい。

こんなに大きな山を見たのは、生まれて初めてかもしれない。

「でもドワーフ達ってどこに住んでるの？　見た感じ、誰かが住んでる気配がないんだけど……」

あたりを見回してから、首を傾《かし》げる。

炊事の煙どころか、生活痕《あと》すらまったくない。

山の中に住んでいるってことなんだろうか？

でも森が鬱蒼《うっそう》と茂りすぎていて、どこが入り口なのかわからない。

うかつに適当なところから入ったら、道に迷ってしまいそうだ。

任せておいてほしいと自信満々なミリアさんの後をついていくことにする。

「基本的に彼らは洞穴の中で暮らしていることが多い。なんでも採掘した金属を運び出す手間を減らすためらしい」

「もっともそのせいで毎年、地盤の崩落で怪我人《けがにん》が出てるらしいけどね」

「合理的なのか非合理的なのか、評価に迷うところですね……」

ミリアさんの先導に従って火山をぐるりと回っていく。

するとあるポイントで、彼女がぴたりと足を止めた。

「ほらウッディ様、見てみてください。あそこにいくつか穴があるでしょう？　あれがドワーフ達が生活を送っている地下住居へ繋《つな》がっているのです」

「えっ⁉　……あっ、本当だ、たしかに何かあるね」

樹々によってカモフラージュされているけれど、よく見るとたしかにぼこぼこと地面に穴が空いている。

「ちなみにあれはカモフラージュしているわけでもなんでもなくて、ずっと外に出てきてないせいで樹の繁殖力に負けてるだけだと思います」

「ほら、ドワーフってかなりの出不精だから～」

ここのドワーフは、恐らく鉄なんかで自活できているおかげで余所《よそ》とほとんど関わりを持っていないんだろう。

となると外に出てくるのを待つんじゃなくて、自分達から積極的に話しかけに行かないとダメかな？

「あの穴の中に入って、ドワーフ達と話をすればいいのかな？」

「それだとへそを曲げてまったく話を聞いてくれないかもしれません」

「ドワーフの人達って、頑固者だからね〜」

待ってても出てこないし中に入ってもダメ？

それなら一体、どうすればいいのさ？

「何、簡単なことです」

そう言うとミリアさんがナージャに近付いていき、何やらごにょごにょと耳打ちをする。

「そんなことでいいのか？」

「はい、お願いします」

「わかった」

ナージャに下がっていろと言われ、皆で後ろに下がる。

彼女はスッと腰を落とすと目を瞑《つぶ》り、意識を集中させた。

そしてそのまま一気に跳躍し、穴の一つの手前で大きく脚を振り上げる。

「——震脚ッ‼」

そして彼女が放ったかかと落としが洞穴の前に突き刺さり——大気が震えるほどの振動が火山を揺らした。

ゴゴゴゴゴッ！

かなり後ろに下がっている僕らにまで伝わってくる振動に驚きながら、これで火山が活動再開して噴火したりしないよね……と思っていると、

「逃げろ逃げろッ！　火山性地震かもしれん！」

「下の魔物達か？」

「否、今日はまだ非活性時期のはずだ！」

ドタドタと大きな足音を鳴らしながら、ずんぐりむっくりの男達が急いで穴の外側へ出てきたのだった。

「ウッディ様、一つご忠告を」

「何かな？」

「ドワーフはめちゃくちゃ脳筋でお酒が大好きです。なので力比べと飲み比べは断らないでください」

「なにそのアドバイス⁉」

一応成人である十五歳にはなっているので、アリエス王国の法律上飲むこと自体は問題ないんだけど……僕、あんまりお酒には強くないいんだよなぁ。

少なくとも力比べも飲み比べも、ドワーフ達相手だと分が悪そうだ。

そんな風に思ってしまうほどに、現れた三人のドワーフ達の身体《からだ》はできあがっていた。

身長は僕の首下あたりだろうか。

上背はないんだけどその分筋肉がすごい。

離れているここから見てもわかるほどの、ガチガチの上腕二頭筋。

たしかにずんぐりむっくりなんだけど……足や腕の筋肉量がすごいな。

仕上がってるっていうのは、彼らみたいな状態のことを指すのかもしれない。

裸にサスペンダーという非常にワイルドな格好をしていて、重たそうなハンマーを肩に担いでいる。

「む、なんだお前らは？」

現れたドワーフのうち真ん中に立っていた一人が前に出る。

どうやら彼がリーダーらしく、一際筋肥大がすごい。

彼はぎょろりと僕らを見回して、そして後ろの方に視線を固定させた。

「おお、ミリアではないか！　剣の使い心地はどうだ⁉」

「ビス殿、お久しぶりです。相変わらずものすごい切れ味で助かっていますよ。細かく手入れはしているのですがやはり完全に傷を消すことはできず……よければ後で様子を見てほしいのですが」

「もちろん、生み出した剣は我が子も同然。いやぁ、しかしこの『蒼丸《そうがん》』は作るのになかなか難儀をしてなぁ。そもそも純度の高い玉鋼《たまはがね》を用意するのにとてつもない時間がかかり、更に親和性の高い素材を探すためにそれらをいくつも無駄にせにゃならんかった。更に言うと鍛造の時の重ねがなかなか難しくて……」

ビスと呼ばれているドワーフのリーダーが、怒濤《どとう》の勢いで話をし始める。

完全に自分の世界に入ってしまっているようでその口調には熱がこもり、時折楽しそうにウェヒヒと不気味な笑みさえ浮かべていた。

ほ、本物の職人だぁ……。

ちょっと目がイっちゃってるけど、これほど何かに熱中できるというのはなかなかに得がたい才能に違いない。

僕は彼が言っていることを噛《か》み砕いて少しでも理解すべく、頭を回転させながら必死に話を聞かせてもらうことにした。

「この竜蝦蛄《りゅうしゃこ》の鱗《うろこ》を砕いてから炉にくべてだな……」

「ほうほう！」

「鍛造はすればするだけいいというものではない。粘り気と堅さを両立させるためには、極めて精密なバランスを成り立たせる工夫が必要で……」

「なるほどなるほど！」

「――というわけで、この『蒼丸』を作るためにはとてつもない時間と労力がかかった、というわけよ！」

「そうだったんですね、すごいです！」

「おうおう、話のわかる坊主ではないか」

ビスさんはバンバンと僕の肩を叩《たた》いてくる。

その手はとっても大きくて、そしてとんでもなく硬かった。

見れば手のひらのあちこちに、剣だこのようなものができている。

槌《つち》を叩き続けた男の手だ。

形だけ見れば不格好かもしれないけれど、僕にはそれがとても美しいものに見えた。

一生懸命話を聞いているうちに、気付けば僕はビスさんのファンになってしまっていた。

（なんとしても彼に領地に来てほしい）

そんな風に強く思ってしまうほど、僕は彼のことを気に入ってしまった。

「で、坊主達は何をしに来たのだ？」

「はい、実はですね……」

僕は自分の正体を明かした。

僕がウェンティの領主であるということを知ると、ビスさん達は流石《さすが》に警戒した様子を見せたけれど、それから僕が構想しているプランを熱っぽい口調で語っていくうちに、その警戒心はなくなってしまっていた。

神鼠《しんそ》であるホイールさんによって自由自在に鉱石を生み出すことができるギネアの村の素晴らしさ。

更にドワーフ達に開放しようとしている高炉の存在。

そして彼らが食料で困らないように、高い給金とフルーツや麦などによる食料支援の申し出。

食料生産的には問題ないため、職人のドワーフだけじゃなくその妻や子供だってまとめて面倒を見るつもりでいること。

それを聞いたビスさん達ドワーフが唸《うな》る。

「本当にそんな理想の環境があるというのか……？」

「もしかしたら我々を騙《だま》そうとしているのかも……」

「ビス殿、それは否定させてもらおう。実は我らダークエルフも、既にウッディ様にお世話になっている身でな」

ミリアさん達は既にギネアの村にエルフがいることだけは伏せながら、自分達の現在の境遇について語ってくれる。

彼女の真摯《しんし》な話を聞いて、どうやら嘘《うそ》ではないらしいとわかってくれたようだった。

「なるほどな……たしかに今よりもいい環境で鍛冶《かじ》ができるのは間違いない」

「はい！　もちろんです！　それなら早速……」

「だが我らマグロスの氏族はそう簡単に頷《うなず》くほど安くはない。対等な話し合いをするのは、我らに並び立つことができる剛勇を持つ者のみと決めている」

「おうっ！　なのでここは一つ……」

「マグロスレスリングとしゃれ込もうではないか！」

――何さ、そのよくわかんない競技は⁉

え、もしかして……僕がやらなくちゃいけないの、それを⁉


僕らはマグロスレスリングの会場へと向かうことになった。

道中なんとか断ろうとしたんだけど、どうもそういうことができる雰囲気ではない。

ミリアさんもああ言っていたし、やるしかないのか……。

その間に、マグロスレスリングの説明を受ける。

ルールはシンプル。

リングの上に上がって、取っ組み合いをするというものだ。

武器を使ったり急所を狙ったりするのは禁止で、手をついた方が負けということらしい。

純粋な腕力の強さだけではなく、相手に手をつかせるための技術も必要となるらしく、マグロスに住んでいるドワーフ達は、日夜マグロスレスリングをしては酒を飲むという生活を送っているんだとか。

うーんなるほど……角が立ちそうなので、ノーコメントでいこうと思います。

やってきた会場は、思っていた三倍くらいしっかりと作られていた。

中心にある試合場の四隅には太い鉄柱が立っており、鉄柱同士を蔦《つた》のようなもので繋げている。

多分だけど、選手が場外に出ないための処置なんだろう。

そしてマグロスレスリングを観戦することができるように、周囲には観客席が設けられている。

今回の代表が僕ということで、リーダーであるビスさんと僕が戦うことになった。

リングの上にやってくると、ビスさんは既にパンツ一丁になり準備運動をしていた。

服を脱いだから、その身体の発達具合がよく見える。

血管がバキバキになっていて、少し動く度に筋肉がすごい勢いで躍動していた。

服を着ていると不利になるということで、僕も服を脱ぐ。

「ウッディ様の半裸……（ごくり）」

「あ、案外しっかりと鍛えているんだな……」

後ろの方からナージャ達の寸評が聞こえてくる（アイラのはちょっと違うかもだけど）。

「それでは用意……始めっ！」

背後に気を取られているうちに、試合が始まった。

ビスさんがその体躯《たいく》に見合わない素早い動きでこっちに接近してきた。

——当然ながら僕は、正攻法で挑むつもりはない。

僕はまず、『植樹』を使いリングに世界樹を植えた。それを植木鉢に入れる。

そして相手を引きつけて引きつけて——思い切り投げつけるッ！

ビスさんが突如として現れた植木鉢に驚き、防ぐために両手でガードの姿勢を取った。

植木鉢とビスさんがぶつかる瞬間に即座に樹木間転移を発動し、ビスさんの右手の上に転移。

「そおおおいっ‼」

「おおおおっっ⁉」

自重と今の僕が出せる全力を合わせて強引に右手を下げると……ぺたり。

ビスさんの右手がレスリング場についた。

「勝者、ウッディ！」

ナージャが即座にそう声を上げると、いつの間にか観客席にやってきていたドワーフ達から野次が上がる。

それを制したのは、他の誰でもなく選手であるビスさん当人だった。

「なるほど、たしかにこれを武器ということはできないだろう。一本取られた……と言わざるを得ない。小さい子供と思い舐《な》めてかかった俺の方が、慢心のツケを払わされただけだ」

スキルの力を使ったごり押しでなんとか勝つことができた。

というわけで無事マグロスレスリングは僕の勝利で終えることができたのだ……。

「では続きまして第二試合！　ナージャ選手ＶＳアリアナ選手！」

って、まだ終わりじゃないのっ⁉

……ていうか、ナージャもやるのっ⁉

本当に終わりではなかった。

なんとあの後、今回マグロス火山にやってきた五人全員がマグロスレスリングをやることになった。

なんでもこれはここのドワーフ達に認めてもらうためのある種の通過儀礼らしく、半強制で皆取っ組み合いをさせられることになった。

ちなみに男女間の配慮はされており、僕以外のメンバーは皆女性のドワーフ達と戦っていた。

僕は女性のドワーフを見るのは初めてだったけど……なんというか、オブラートに包んだ言い方をすると、皆愛らしい見た目をしている。

成人していても身長は僕の胸のあたりまでしかなく、目がくりくりとしていて頭が大きく、身体も第二次性徴前のような状態である。

けれどそのパワフルさは流石ドワーフといった感じで、ルルさんなんかは自分より一回りも小さいドワーフに投げ飛ばされていた。

こうして無事五人全員が試合を終え、これで問題なくドワーフ達を連れて行くことができる……と思いきや、そうは問屋が卸さなかった。

僕らの健闘を讃《たた》えるという名目で、酒盛りが始まったのだ。

ミリアさんに聞いたところによると、ドワーフは基本的に何か理由をつけてはお酒を飲むらしい。

そしてその酒の誘いを断ることは、何にも増して彼らを不機嫌にさせるのだという。

エルフとはまた違った意味で変わった種族だなぁと思いながらも、僕は酒宴に参加するのだった。

「ウッディ殿、飲んでいるか⁉」

「ええ、ああはい。いただいてますよ」

「器に酒が入っていないではないか、俺が注《つ》がせてもらおう」

赤ら顔になって酔っているらしいビスさんが、杯の中身が入っていないのを見て中に酒を注いでくる。

ドワーフの流儀では、注がれた酒は本人の前で飲まなければいけないらしい。

なので僕はグッとお腹《なか》の奥に力を入れて、そのまま勢いよく酒を飲んでいく。

ゴクゴクと喉《のど》を動かす度に、食道が焼けるように熱い。

ドワーフが好む火酒という酒は、とにかく度数が高い。

ワインなんかと違って風味もへったくれもない、とにかく酔うためのお酒だ。

アルコールが全身に回っていき、顔が火照るのがわかる。

けれどもなんとか飲みきることができた。

「あっはっは、ウッディ殿もいける口だなぁ！　それでは宴《うたげ》を楽しんでくれぃ！」

ビスさんは楽しそうに笑いながら、ドワーフ達の中へと消えていった。

ふう、なんとかなったか。

でも……なんだか酔ってきた気がするな。

僕はそこまでお酒が強いわけではない。

けれど僕がドワーフ達から注がれる酒を飲み続けることができているのには、もちろん理由がある。

「ウッディ様、どうぞ」

「う……ありがとう、アイラ」

僕の後ろで気配を消しているアイラが、他のドワーフ達の目がなくなったタイミングでさっと僕の手にとある丸薬を渡してくれる。

丸薬を口の中に含むとチェイサーとして渡された水で流し込む。

すると先ほどまで全身に広がっていたアルコールの動きがみるみるうちに収まっていき、気持ちが悪くなる一歩手前でしっかりと酔いを止めることができた。

ダークエルフは皆が優秀な身体能力を持ち、戦士や優秀な狩人として働くことができるだけの才能を持っている。

けれど持っている才能とやりたいことというのは別だ。

将来のことを考えている女性陣や、自分の両親がつらい生活を送ってきたことを肌感で理解している子供達の中には、一定数戦士や狩人ではない別の道に進みたいと考える者がいた。

なるべく彼らに色々な道が示せるよう、僕は今の自分ができる限りの選択肢を与える用意を調えることにした。

そのうちの一つが、エルフとダークエルフが共同で開発担当をしている製薬所だ。

エルフもダークエルフも、長年森と共に生きてきた種族だ。

彼らは森の生薬の成分に詳しく、先祖伝来の効能の高い、いくつもの薬を生み出すことができる。

ちなみにエルフの場合はその後も聖域となった森の潤沢な資源を使い続けてきたために、素材などを惜しまない代わりに効果の高い高級志向の薬を、そしてダークエルフの場合は魔物の臓器やどこでも手に入る素材などを利用した、比較的廉価でそれなりに効果の高い薬を生み出してきている。

ふとした思いつきから作り出した製薬所は、今のところ順調に稼働してくれていた。

彼らが作ってくれている薬の中の一つが、今僕が飲み干した『酔い止まり』という薬だ。

この薬の効果は名前そのまま、酔いが止まるというもの。

ベロベロに酔っている時点ではあまり効果はないんだけど、その前にあらかじめこの薬を飲むと酔いが一定のところで止まるという効能を持っている。

今までは人づてでしか効果については知らなかったけど……まさかこんなタイミングで実地で試すことになるとは思っていなかった。

（でもこれ、すごい効くね……）

前々からこの薬は売れると思ってはいたけれど、その感覚はより確信に近付いた。

人間、酒を飲まなければならないタイミングというのは存在する。

目上の人から勧められれば、どれだけ酒が苦手でも飲まなくちゃいけないという場面は存在するし、場の空気的に飲まざるを得ないようなタイミングだってある。

そんな時に酔《よ》い潰《つぶ》れて不義理をしたくないと思う人達にとって、この薬は救世主になり得るはずだ。

実際問題、今後提供する予定の薬品のリストの中に入っているこの『酔い止まり』に関しては、既に何人かの商人から詳しい卸しの日付を教えてほしいという話が上がってきている。

かなりの高値にしても売れると踏んでるんだよねぇ……ダークエルフ達がしっかりとお金を稼げ

るように、僕としても心を鬼にして高値で売る所存だ。

「ウッディ殿、一献傾けていただきたく」

「どうも、ありがとうございます」

勧められるがままにグッと酒を飲み干す。

……うん、問題ない。

しっかりある程度のところで酔いを止めることができている。

「しかし、ドワーフ達は本当に度数が高い酒をよくあんな風に飲めますね……うっ、離れているここからでもツンとした刺激臭が」

僕の後ろで気配を消し、酒の誘いを上手いこと躱《かわ》し続けているアイラ。

彼女の見つめる先では、ドワーフ達が透明なガラス瓶に入った火酒をガバガバと飲んでいる。

そして周囲には空き瓶が無造作に散らばっていた。

(ガラスの透明度も王国のものとは雲泥の差な気がする……使っている砂が違うのかな？)

多分だけど、この集団の中にガラス作りが得意なドワーフがいるのだろう。

瓶に使われているガラスは、こっそりと盗み出して持っていけば一財産築けそうだと思えるほど、恐ろしい透明度を誇っていた。

「次だ、次の酒を持ってこい！」

「おお、ナージャ殿は流石の飲みっぷりだな！　人間にしておくのがもったいないぞ！」

「こりゃ我らもうかうかしてられんな！」

そしてなぜかその中心にいるのはナージャだった。

彼女は頬を赤く染めながらも、ドワーフ達と変わらないペースで杯を空け続けている。

皆から見える真ん中の位置で開かれている酒宴は、明らかにナージャを中心にして回っていた。

ナージャがお酒に強いことは知ってるつもりだったけど……まさかドワーフとまともに飲み比べができるほどだったとは……。

また彼女の新たな一面を発見してしまった。

けれど不思議とドキドキはしない。

……なんだろう、この感じ。

「何してるんですか、あのバカは……（ぼそっ）」

後ろから聞こえてくるアイラの言葉が案外正鵠《せいこく》を得ているかもしれない。

何やってるんだろう、僕の婚約者はって感じだろうか。

ドワーフとあれだけ打ち解けられるのも一種の才能なのかもしれない。

婚約者の僕としてはもうちょっとたしなむ程度にしてくれるとありがたいんだけど……まあ彼女が楽しそうだからいいか。

あれもまた、ナージャらしさなのは間違いないしね。

「ウッディ様、私を守ってくださいね」

「うん、僕にできる範囲でね」

先ほどからアイラは身を縮こまらせて、必死にドワーフ達の攻勢を避けている。

ちなみに僕らの背後には、既にドワーフ達に負けてグロッキーな様子で倒れているミリアさんの姿がある。

ルルさんはというと、上手いことドワーフの女性陣の輪の中に入ることで難を逃れているようだ。

お酒との付き合い方は十人十色。

お酒の席で、その人の人間性がよく出るっていうのは本当なのかもしれない。

「おおウッディ殿、先ほどは素晴らしかったですな！　もしよければ是非今度、自分ともマグロスレスリングを……」

「あ、あはは……その時はよろしくお願いします」

アイラも飲み続けられるほど『酔い止まり』のストックはない。

なので未来の旦那《だんな》として、僕は彼女の防波堤になって必死に頑張らなくてはいけないのだ。

僕はドワーフ達との交流を重ねながら、お酒を飲み続けた。

そしてとんでもない回数トイレに行き、暇さえあれば水を飲んで必死に体内のアルコールを薄め続け……そしてなんとか酒宴を乗り切ることができたのだった。

ちなみにナージャは既に潰れており、同じく周りのドワーフ達と一緒になって朝まで眠っていた。

「むにゃ、ウッディ……」

瓶を抱えながら、幸せそうに眠っているナージャを見て、思わず笑みがこぼれる。

酔っ払って帰ってくる旦那を優しく介抱する奥さんの気持ちが、少しだけわかった気がする僕だった。

にしても……あまりお酒が飲めない人のためにも『酔い止まり』の増産は急務だ。

ウェンティに戻ったらすぐにでも製薬所への予算を増やそう。

僕はそう、心に誓うのだった。

次の日、皆が二日酔いから覚めたところで話し合いの場を設けることにした。

マグロスレスリングをして武勇を認めてもらい、一緒に酒を酌み交わすことでドワーフ流の交流を行うことができた。

これによって僕らは、マグロス火山に住むドワーフ達から、対等な相手として認められたという扱いになる。

そう、つまりお酒を飲んで終わりではないのだ。

交渉を行いドワーフ達をウェンティに引き込むことができるかどうかは、ここから先の僕の手腕にかかっているのである。

というわけで交渉を始めていく。昨日の今日なのでトントン拍子に話が進んでいくとばかり思っていたんだけど、どうにも感触があまりよろしくない。

「うむむ……」

ウェンティのことを悪く思っている節はないけれど、なかなか決めかねるといった態度だったのだ。

何か懸念があるのかと思い尋ねてみると、今度は口を噤《つぐ》んだまま黙ってしまった。

ビスさんは苦々しげな表情を浮かべながら、ゆっくりと口を開く。

「ウッディ殿の治めるウェンティは非常に魅力的な土地だと思う。話をすれば行きたいと思う者も多いだろう。できれば多くのドワーフを受け入れてほしいというのはやまやまなのだが……今我らは少々難しい問題を抱えていてな」

「ビス、これは俺達マグロスのドワーフの問題だ！　よそ者を巻き込むのは……」

「問題……ですか？」

あまり乗り気ではなさそうなドワーフ達の話に、強引に割り込ませてもらうことにした。

昨日酒宴をしている時には気付かなかったけど……どうやらドワーフは今、何か深刻な問題に直面しているようだ。

困っているのなら手を差し伸べたいって思うし。

それを解決すれば懸念がなくなるというのなら、ぜひとも問題解決に尽力させてもらいたい。

「実はな……」

ビスさん率いるドワーフが現在抱えている問題。それは僕が想像していた通り火山に関する問題で、しかしその内容はかなり予想から外れているものだった。

「実はこのマグロス火山のダンジョンが、限界に近付いてきているのだ」

第三章

僕はまったく知らなかったのだけど……実はこのマグロス火山は、今から数百年も前にダンジョンになっていたのだという。

「ダンジョンだとっ⁉」

「まさかウェンティからそう遠くない場所にダンジョンがあったとはね……」

ダンジョンは、正確には迷宮とも呼ばれる魔物の湧き出るスポットのことだ。

魔力が一箇所に溜《た》まってしまうことで偶発的に生まれる、ある種の自然現象のようなものである。

ダンジョンの中は僕が持っている『収納袋』と同じように空間が歪《ゆが》んでいるため、本来よりもずっと広くなっている。

そしてダンジョンの中には、魔力によって生み出された特殊な性質の魔物が湧き出るようになるのだ。

僕は見たことがないけど、ダンジョン産の魔物は倒されると死骸《しがい》が残らず、魔力に戻って霞《かすみ》のように消えてしまうのだという。

そして魔物は倒されると、素材をドロップする。

たとえばダンジョンのゴブリンを倒すと、ゴブリンの耳や持っている武器などがドロップ品として残り、それ以外は全てが消えてしまうんだって。

「そんなに長い時間放置して……間引きはしっかりとできているのか？」

「……いや、人手が足りずまったくできていない。なので今は入り口に封をして、無理矢理魔物を押しとどめている。そのせいでいつスタンピードが起きてもおかしくない状態だ」

「――なんだとっ⁉」

ナージャが悲鳴のような声を上げる。

ダンジョン災害などという言葉があるほどに、ダンジョンはかなりの危険をはらんでいる。

ダンジョンは周囲にある魔力を吸い取り、地脈からの魔力を吸い上げ、やってきた生物達やその装備を魔力に変換することで魔物を生み出していく。

そのせいで魔物がガンガンと生まれていくのだ。どういう仕組みなのかはわかっていないけどダンジョン産の魔物は互いに攻撃をし合うことがない。

するとどうなるかと言うと……ダンジョンの中に生み出された魔物達がどんどんと溜まっていくのだ。

ダンジョン産の魔物は魔力を食らって生きるため、餓死して数が減るようなこともない。

定期的に間引きを行っていかないと、どこかの段階でダンジョンの中に入りきらなくなった魔物が溢《あふ》れ出す。

それをダンジョン災害――またの名をスタンピードという。

どうやらマグロス火山は現在、スタンピード寸前の状態のようだ。

昨日ナージャの震脚で飛び出すように出てきたのも、定期的に活発になる魔物達の襲撃と勘違いしたからだという話らしい。

どうやら一部の魔物がマグロス火山の山を侵食して、外に出てくることがあるということだ。

そしてその度にドワーフ達は飛び出てきた魔物達を倒し、その場所をドワーフの巧みな工作技術によって塞《ふさ》いできたのだという。彼らの腕がいいおかげで、今のところ空いた穴からの再流出は一度もないらしい。

それ、絶対腕を振るう場所間違ってるって……。

「王国法ではダンジョンの秘匿は罪に当たる！　なんでそんなことになるまで放置を続けてきたんだ！」

「落ち着いてくださいナージャ。そもそも彼らは領民でもなんでもないただのドワーフ、王国法は通用しませんよ」

「し、しかしだな……」

ナージャがぐぬぬ……と歯噛《はが》みしながら地団駄を踏んでいる。

王国貴族として、ダンジョンが長年放置されているという事態が許せないんだろう。

周辺諸国の中ではかなり魔物を狩ることに関して優遇政策を敷いている王国でも、スタンピードは決してまったく起こらないものではない。

色々な要因が重なり数十年に一回は起こってしまう。

そしてその場合、必ずと言っていいほどに大きな被害を出し、その経済的な影響は国家全体にまで波及することも多いのだ。

「ダンジョン化したおかげで、涸《か》れかけていた鉱物が再び産出するようになってな。おかげで材料にはまったく困ってはいなかったのだ。……その分、魔物被害が出ることになってしまったのだが」

「なるほど……」

「親父《おやじ》の代まではそれでウハウハだったらしく、その頃の取り決めもあってなかなか他のドワーフ達に話を通すのも難しかったのだ」

どうやらダンジョン被害が深刻になってきたのはここ最近のことらしく。

ビスさんのお父さんの代やそのまた上の代の頃は、ダンジョン化したことによって産出する鉱物で物が作り放題で、ドワーフ達はウハウハ状態だったらしい。

その頃に『他のドワーフ達にこの理想の環境を渡してなるものか！』と決められた諸々《もろもろ》のルールによって、なかなか他のドワーフ達に救援を求めることも難しかったのだという。

「ちょっと待ってください、他にもドワーフ達がいるのですか？」

「ああ、砂漠の北部にはまだまだ氏族ごとにいくつものドワーフの集落があるぞ。もっとも助けを求めたとて、彼らが来てくれたかは怪しいとは思うがな……」

「ビス、なぜそれを外様《とざま》の者達に言う必要が……」

「我らドワーフは変わらなければならない。このままではそう遠くないうちに、このマグロス火山のダンジョンに飲み込まれてしまうだろう」

「そ、それは……だが……」

ドワーフ達もこのままではダメだということはわかっていたのだろう。

非難する声はどこか力がなく、ビスさんの言葉に皆俯《うつむ》いてしまった。

仲間達から反論の声が上がらなくなったことを確認してから、ビスさんがこちらに頭を下げる。

「ウッディ殿、虫のいい話だということはわかっている。だがもしよければ……我らに救いの手を差し伸べてはくれないだろうか？」

ビスさんの提案にすぐに頷《うなず》きたくなったのを、なんとか自制する。

今回の行動は僕だけじゃなく、ウェンティの人達にも多大な影響を与えることになる。

なのでただ勢いで決めていい問題ではない。

――ダンジョンは人間に害をなすだけではなく、同時に実りを与えてくれる存在でもある。

もちろん放置していればスタンピードを起こしてしまうという特大の地雷を持つ、かなり危険度の高い場所だ。

けれど現在王国の中にはいくつものダンジョンが存在し、迷宮都市と呼ばれるダンジョンの周囲に生まれた街も存在している。

先ほどのビスさんの言葉からもわかるように、ダンジョンは人間にとって益になるようないくつもの効能を持っているのだ。

廃坑を再生させるようなことだってできるし、魔力によって生み出される魔物とそこから手に入るドロップアイテムの中には、普通では手に入らないようなものも多い。

なのでさっきナージャが言っていたように、ダンジョンは見つけ次第早期に報告を行うと王国法で規定されているわけだけど……さて、どうすべきか。

こうして僕の領地にほど近い場所に見つかった以上、僕にも王家への報告義務があるだろう。

少し考えてから、未《いま》だ落ち着けていない様子のナージャの方に近付いていく。

「ナージャ、これはチャンスだよ（ぼそっ）」

「ちゃ、チャンス？　一体どういうことだ（ぼそっ）」

「私も交ぜてください（ぼそぼそっ）」

さびしかったのか、小声で話し合う僕らに交ざろうとぼそぼそし出したアイラのことは軽く頭を撫《な》でて放置して、僕はナージャとの会話を優先することにした。

「このダンジョンを含めてマグロス火山全域を、ウェンティに編入させちゃおう」

「そんなことをして大丈夫なのか？　ダンジョンの管理は実入りも大きいが、かなり危険だ。もしものことを考えたら……」

「ビスさん達の上の世代みたいに、資源を独占しようとする砂漠の人達に管理されるより、その方がよっぽどいいと思う。それにダンジョンがあるのなら――交通の便のせいでなかなか人が寄りつきづらかったウェンティに、人を呼び込む目玉ができる。冒険者の誘致もできるから、冒険者ギルドの支部を立てることもできるはずだ」

「そ、それはたしかに……つまりダンジョンの諸問題さえ解決してしまえば、いいことずくめというわけだな」

「うん、だから僕としては……」

「私も仲間に入れてくださいよ、ぼそぼそぼそぼそぼそっ」

「――わあっ⁉　ちょっとアイラ、耳元でそんなにぼそぼそ言わないでよ！」

耳元でものすごい勢いでぼそぼそされた。

こそばゆくなったのでたまらず身体《からだ》を震わせてから、後ずさる。

はぁはぁと息が荒くなっていたので、一旦《いったん》深呼吸をして心を落ち着けてから、改めてドワーフ達の方へ向き直る。

「もしよければこのマグロス火山を、僕の領地――ウェンティに編入させてはもらえませんか？　ここを僕の領地という形にしてしまえば、ダンジョンの管理は僕が代わりに行います。ビスさん達ドワーフにはこちらで働き続けてもらってもギネアに来てもらってもいい形になるので、選択肢が増えると思いますし。……あ、もちろんこちらの鉱物が必要ということであれば、取り寄せることもできるようにします」

「そんな至れり尽くせりな……あまりに我らに有利過ぎる取引のような気がするが、本当にいいのか？」

「ええ、実は今僕達は、腕のいい鍛冶《かじ》師や細工師を探しておりまして。それを引き抜くためには、手段は選ばない所存なのです」

「そこまでしてくれるなら……期待に応えなくてはならないな」

ビスさんが差し出してきた手に、僕も手を差し出す。

握手を交わすと、彼の腕力は万力みたいに強かった。

昨日、真っ向勝負で戦わなくて良かった……そんなことしてたら、身体のどこかがもげちゃってたかもしれない。

僕達が握手を交わしているのを見たドワーフ達が、快哉《かいさい》の声を上げた。

どこかから「宴《うたげ》だ！」という声が上がる。

宴……というか酒が三度の飯より好きなドワーフ達がそうだそうだと騒ぎだし、気付けば昨日と同じ感じで酒宴に入ろうと酒を探しに行こうとする者達が出始めていた。

その背中を見て、僕は慌てて彼らを止める。

「ちょ、ちょっと待ってください！　まだ肝心な部分が終わってませんよ！」

隣ではぁ……とため息を吐《つ》くナージャ。

「本当にこんな奴《やつ》らが、使える職人なのか……？　私は非常に疑わしいぞ、ウッディ……」

「うん、大丈夫……だと思うよ。腕は確か……なはず」

二日間彼らを見ていたことで、ついつい技術以外の色々な駄目なところに目がいってしまうけど、職人であれば大切なのは作る製品のクオリティだ。

大丈夫……だよね？

酒が飲めなくて残念がっているドワーフ達を見ると、誘っている僕もなんだか不安になってきたよ……。


とりあえず気を取り直して、まず最初に避難の準備をしてもらおう。

そしてそこから先は――。

「とりあえず溜まりに溜まった魔物を狩っていこう。頼んだよ、ナージャ」

僕の言葉を聞いたナージャが、きょとんとした顔をする。

そして一瞬のうちに気を引き締め直し、

「ああ――任せておけ、ウッディ！　ここ最近腕が鈍《なま》って仕方なかったからな！」

そういって快活に笑う。

その凛々《りり》しい横顔の美しさに、僕は思わず見とれてしまうのだった。

このマグロス火山をウェンティに編入する許可はドワーフ達から得ることができたものの、まだ肝心なことが残っている。

何百年もの間、間引かれずに残っている大量の魔物達を、僕らの手でなんとかしなくてはいけない。

少なくとも溢れ出てくることがないくらいには、魔物達の数を減らしておかなくちゃいけないからね。

今のマグロス火山は、どこが崩落して魔物が出てくるかわからないような状態になっているのだという。

なのでまず僕らは緊急避難ということで、樹木間転移を使ってドワーフ達にギネア村に避難してもらうことにした。

僕らの案内役を買って出てくれたビスさん達数人を除いたドワーフ達を、デグジ村長に預かってもらう。

「何か要望があったら、可能な限り応えてあげて。とりあえず当座のお金は渡しておくから」

「このデグジにお任せあれです、はい」

そして僕らはマグロス火山へと戻っていき、ビスさん達の案内の下どこからダンジョンに入っていくかを考えることにした。

マグロス火山の中は、かなり入り組んでいる。

必要になる度に新たに掘り進めていったかつての名残で、内部構造がかなり複雑になっているようだった。

ビスさんの案内がなければ、間違いなく迷っていたと思う。

「――ここだ。魔物の素材を混ぜ込んで粘り気を強くしている鉄板で、衝撃を吸収することができるようがっちりとガードしてある」

ビスさんが立ち止まり、コンコンと鉄板をノックする。

そこには少しだけ黄みがかっている鉄板があった。

とてつもない重厚感だ。

ノックの時に返ってくる反響から考えると、厚みもかなりあるだろう。

たしかにこれなら、魔物の流出も防ぐことができそうだ。

地質や火山の内側の構造からおおよその層の薄さを測り、比較的安全な場所に洞穴を掘り進め、そこで暮らしているらしい。

今の僕らに地層を調査して、火山の内部構造を推測するような技術はない。

……やっぱり技術力はすごいんだよなぁ。

ちょっと発揮する場所がおかしいのと、アルコールに依存気味なところがなければ完璧《かんぺき》なのに……。

「こういったものがあと四つ、合わせて五つ。そして一番初めに封鎖した入り口と合わせた六つが、現在ダンジョンに入る入り口となっている」

「やはり入り口から攻めるか？　一番間違いないとは思うが……」

「避難が済んでるから別にそれでも問題はないんだけどね。入り口から出てきた魔物を倒しきれる殲滅《せんめつ》力があるかどうかが問題かな」

ダンジョンの入り口は、他の出入り口と比べるとかなり広い。

恐らく入り口を開けば、通常スタンピードが起こる時などと同じように、ここから一気に魔物が溢れ出してくることになるだろう。

スタンピードが起こった際の防衛策というのは、既にある程度確立されている。

ダンジョンの周囲を覆うようにいくつもの即席の土壁を作り、段階的に魔物を減らしていくのだ。

まず最初に入り口付近で魔物を打ち減らし、魔物の数が増えすぎたらそのまま後ろの土壁へ、それも破られたら次の土壁へ……といった具合に。

けどそれだけ用心を重ねても、最終的には防壁を突破され魔物が街に溢れ出すことも多いのだ。

なので他の破られた場所からダンジョンの中に入り数を減らしていくというやり方も選択肢に入ってくる。

「各所で出てきた魔物について教えてください。……あ、それより先にマグロス火山のダンジョンに現れる魔物達についてもですね」

「ああ、ここで出てくる魔物は……」

かつては賑《にぎ》わっていた鉱山でもあったというマグロス火山にできたダンジョン。

元あった場所の性質を受け継ぎ、ゴーレムや炎系の魔物が多いという。

ただ、聞いている感じ魔物の強さはそこまでではなさそうだ。

それなら……いけるかな？

「よし、決めた」

「どうするんですか？」

「手数は僕のウッドゴーレムでなんとかして、それでどうにもならない難敵が来たらナージャに頼む形にしよう」

「任せておけ！」

というわけで僕達は、ダンジョンから溢れてくる魔物達の対処をするため、固く閉じられた入り口を再度開くことにするのだった。


マグロス火山のダンジョンの入り口は、麓《ふもと》の付近に埋め立てられていた。

どうやらかつては地下道のうちの一つだったらしく、そこを掘り返していく。

なだらかな麓を、斜めに下っていくような形で作られた洞穴を進んでいった先にある鉄の門。

これこそが、ダンジョンの入り口だ。

「準備完了だ……です」

「別に無理して敬語を使おうとしなくてもいいですよ」

「そんなことはできぬ……ません。助けてもらうのだから、そこは義理を通さなくては」

「なるほど、そういうものですか」

一生懸命敬語を使おうとしているビスさんが指し示す先には、さっきまで見てきた鉄板とは明らかにサイズの違う、とてつもなく巨大な鉄の塊があった。

残ってくれているドワーフ達にかなり削ってもらっているため、周囲には切り分けられた鉄が散らばっている。

後は僕らがもう一押しすれば破れる状態だ。

「よし、そろそろ準備も終わりっと……」

僕はとにかく大量のダークウッドゴーレムを取り出していく。

今はちょうど、七列目を並べ終えたところだ。

真っ黒なボディのダークウッドゴーレム達が横にずらっと並び、更に後ろにいくつもの列を成している様子は、圧巻の一言。

ちなみに今回は威力より手数が大切なので個体ごとにある程度距離を離し、密集させないようにしている。

そして大物用に左右には、密集させパワーアップさせた黒弾を放つことのできる部隊も用意しており、更に外側にはファイアウッドゴーレムを始めとしたエレメントウッドゴーレム達を。

今回は長丁場になるかもしれないということで回復役としてホーリーウッドゴーレムもしっかり用意しており、準備は万全だ。

ビスさんからは「どこかと戦争でもするつもりか？」と言われたけど……似たようなものだよね。

スタンピード寸前のダンジョンの魔物をなんとかするのは、戦争と言っても過言じゃないと思うし。

万全の態勢を整えてから、ビスさんに向けて手で○を作った。

頷《うなず》いたビスさんがスイッチを押すと……ドンッ！

大きな爆発が起こり、鉄板がダンジョンの内側目掛けて吹っ飛んでいった。

「ギャアアアアアアオオォッッ⁉」

「グガアアアアアアアッッ‼」

どうやら入り口付近にはかなりの魔物が詰め寄っていたようで、とんでもない量の悲鳴が聞こえてくる。

そして鉄板によって押しつぶされた死体を、鉄板ごと踏み越えながら魔物達がやって来た。

「あれは……レッドリザードにフレアスライム、それにダークウィスプ……報告の通り、どれも火属性のモンスター達だな。強さはD前後だが、何体か強いのがいる」

「わかった。ナージャ、いざという時は頼んだよ」

「――ああっ！」

僕らが話をしていると、ドドドドドと地響きが聞こえてくる。

ダンジョンの入り口が開いたことで、今までせき止められていた魔物達が噴き出してきたのだろう。

その勢いと異形の軍勢を見て思わず一瞬固まってしまう。

そんな僕の緊張を解いてくれたのは、手を握ってくれたアイラだった。

「――撃てぇっ!!」

僕の合図と共に、一列目のダークウッドゴーレム達が黒弾を放つ。

「「「ギャアアアアッッ！！！」」」

死体や瀕死《ひんし》の魔物達に攻撃を当てても意味がない。なのでいくつかのグループに分けて時間差で攻撃をするようにして、なるべく無駄弾が減るように工夫をしてみた。

一列目のダークウッドゴーレムの最後のグループが黒弾を放ったところで、状況を確認。

生きている魔物はいない。そしてあちらこちらに魔物のドロップアイテムが散らばっている。

死体が残らないのが正直ありがたい。

「二列目用意――」

二列目のダークウッドゴーレム達に黒弾を撃たせ、とりあえず魔物を倒しきる。

他のウッドゴーレム達に魔物から出たドロップアイテムを適宜回収してもらいながら、ひたすらに遠距離狙撃を続けていく。

二列目の黒弾が終わったら一列目、二列目のダークウッドゴーレムが後ろと交代。

ある程度魔力を回復させるために最後尾に回していく。

「よし、あのワイバーンを狙って――発射！」

掃射をしてモンスターを倒しまくっていると、とうとうただの黒弾だけでは倒せない魔物が現れた。

そんな奴らには、左右に密集させているダークウッドゴーレムの黒弾をお見舞いしてやる。

真っ赤な鱗《うろこ》で身体を覆っているワイバーンも、密集黒弾で問題なく倒すことができた。

発射、発射、拾って発射……。

ダンジョンの底から洞穴を通ってやってくる魔物達が次々と黒弾の前に倒れては、ドロップ品に変わっていく。

そしてそれを拾いながら、瀕死の魔物達にトドメを刺していくウッドゴーレム達。

中にはフレンドリーファイアを受けている個体もいたけど、そういった個体はホーリーウッドゴーレムがしっかりと癒やしているため、被害は数体ほどで済んでいた。

「俺は今……何を見ているのだ……？」

「うんうん、わかるよ。元は私達も同じ気持ちだったからね」

呆《ほう》けた様子のビスさんの肩を叩《たた》きながら、おしゃれ番長ことルルさんが訳知り顔で頷いている。

そして少し離れたところで、ミリアさんもしきりに首を縦に振っていた。

僕らが見守る中で、ものすごい勢いで魔物達がやられていく。

ダンジョン化している洞穴はものすごい硬度があるらしく、どれだけ黒弾を撃ち込んでもまったく微動だにしていない。

ダンジョンの入り口から僕達のいる火山の麓までは、完全に一本道になっている。

そのおかげで魔物達が予想外の動きをすることはない。

さっきからちょろちょろ出てくるワイバーンのような飛行型の魔物もいるけど、入り口に弾幕を集中させれば問題なく倒せる。

僕の横に、ドロップ品がどんどんと積み上がっていく。

レッドリザードの鱗や、これは……火炎袋かな？

それに頭が燃えている人型の魔物であるファイアマンの持っている槍《やり》や盾なんかもものすごい数になっている。

ドロップ品にはある程度の規則性はあるようだ。

へぇ、既になめされた状態で革として出てくるアイテムもあるのか。

……っと、そんなことをやってる場合じゃなかった。

ウッドゴーレムは僕らと同じく魔力を持っている。

そして何もしないと、魔力は微量ながら回復していく。

なので数発ずつ撃たせたらすぐに交代というのを繰り返して、少しでも消耗を抑えながら魔物達を倒していく。

始めたのは昼で、魔物の数がまばらになってくるまでに三時間以上がかかった。

既に第一陣のダークウッドゴーレムの魔力が心許《こころもと》なくなっており、新たに取り出したダークウッドゴーレム部隊達に交代させている。

けれどどうやら……なんとかなりそうだ。

とうとう魔物が出てこなくなり、ようやく終わりが見えてきたなと一安心した時のことだった。

「グオオオオオッッッ‼」

中からとんでもなく大きな咆哮《ほうこう》が聞こえてくる。

そして明らかに洞穴に入りきらないほどのサイズのドラゴンが、壊れた扉の向こう側に見えた。

ピシ……ピシピシッと先ほどまでどれだけ攻撃を受けてもびくともしなかった洞穴にヒビが入り始める。

そして――パリィンッ！

洞穴をぶち破って、ドラゴンが地上へと降りてきた。

火山に棲《す》んでいるからか、その体表は赤い。

覗《のぞ》いている鋭い牙《きば》の隙間からは、ちらちらと小さな炎が見え隠れしていた。

「グオオオオオオオオオオオッッッ‼」

即座にダークウッドゴーレムを密集陣形に変更。

威力を上げた黒弾を撃たせた。

「グオオオオッッ!?」

密集黒弾を食らったドラゴンが苦悶《くもん》の声をあげる。

ダメージは与えられてるみたいだけど……うん、間違いなく火力不足だね。

「ナージャ、お願い！」

「ああ――ミリア、ルル、ついて来い！　ドラゴン狩りの時間だ！」

ナージャが放った飛ぶ斬撃が、ドラゴンへ飛んでいく。

「グルルッ！」

ドラゴンはそれを避けようとするが、ナージャの放った速度の方が速かった。

ブシッと音を鳴らし、ドラゴンの身体に傷がつく。

「行くぞ、ルル！」

「任せて、ミリアちゃん！」

ミリアさんとルルさんも身体強化で底上げした身体能力を遺憾なく発揮し、その姿を消した。

見失っていた僕が気付いた時にはドラゴンに肉薄しており、二人の一撃がドラゴンにダメージを与えていく。

ドラゴン相手だと最低限距離を取りたいからか、カタナを使って見事にダメージを与えていた。

僕は彼女達に攻撃を当てないように気を付けながら密集黒弾を放ち続ける。

特にドラゴンが飛んで空へ逃げようと姿勢を変える時には、なんとしても飛ぶのを邪魔するように攻撃を集中させた。

流石《さすが》に飛ぼうとする瞬間に攻撃を食らうと上手《うま》く飛ぶことができないらしく、ドラゴンを空に上がらせることなく地面に留《とど》めたまま戦い続けることができている。

空を飛ぶ魔物の最も厄介な飛行能力を封じ込めてしまえば、あとは純粋な戦闘能力での戦いだ。

そしてこと戦闘に関しては……。

「グオ、オォ……」

『剣聖』である僕の婚約者の右に出る者はいない。

ズズゥンと大きな音を立てて、ドラゴンが地面に倒れる。

そしてドラゴンはそのままフッと、音もなく消えた。

先ほどまで身体があった場所には一本の剣が置かれている。

「おおっ、これはすごい業物だぞ！」

鞘《さや》までしっかりついていたドラゴンの剣を抜いたナージャが唸《うな》る。

ドラゴンを倒したら出てきた剣だ、たしかに相当貴重なものなんだろう。

ナージャはミリアさん達の剣を見て新しい武器を欲しがってたし、是非彼女に使ってもらえたらと思う。

こうして僕達は無事にダンジョンの魔物を討伐することに成功したのだった。

ウッドゴーレムは結構やられちゃったけど……人的被害はなしで切り抜けることができた。これでようやく、ドワーフ達をウェンティに迎えることができそうだ。

ダンジョンの魔物の間引きが終わり、マグロス火山にはひとまずの安寧が訪れることになった。

とりあえずドワーフ達の処遇を決めている間に、樹木間集団転移で呼び出したサンドストームの人員達と一緒に、ナージャにはダンジョンの中を探索してもらう。

「この愛剣、フェニックスブレードに斬れない敵はない！」

あのドラゴンを倒して出てきたドロップアイテムを、彼女はいたく気に入ったらしい。

既に名前までつけて腰に提げて大切にしていて、たまにとろけるような笑みをこぼしながら頬ずりしたりしている。

そのだらしない笑顔を見ていると、大丈夫かなとちょっとだけ不安になってくるけれど……とりあえずドワーフ達の様子を見ておかなくちゃいけないからね。

まだ魔物が出てくる可能性は十分に考えられるし、もしかするとダンジョンの中には強力な魔物が残っているかもしれない。

万が一にも魔物が外に出てくることがないよう、大量のダークウッドゴーレム達に迎撃態勢を取らせながら、その指令役としてサンドストームのうちの数名を警備に配置して、僕はマグロス火山を一旦《いったん》後にすることにした。

◇◇◇

「――という感じです」

「……私が妙な提案をしたことで色々と面倒ごとを運び込んでしまい……面目次第もございませんです、はい」

ようやく時間ができたので、僕はデグジさんにマグロス火山に着いてからの出来事についての詳しい話をすることにした。

話を聞いていたデグジさんは途中からブルブルと震えだし、最後の方には何か喋《しゃべ》る度にしきりにぺこぺこと頭を下げていた。

そこまで謝る必要はないと思うんだけどな。

実際ウッドゴーレム以外は、まったく被害も出てないわけだし。

「ドワーフ達の調子はどう？」

「一応こんなものができましたです、はい」

そう言うとデグジさんはくるりと後ろを向く。

そしてビロードに手をかけた。

その下には何かが隠してあるようで、でこぼことしている。

スッと布を取るとそこに現れたのは……。

「これは……見たことがない器だね」

透明感のある器だった。

「磁器、とドワーフ達に呼ばれている焼き物です。彼らがパッと作れると請け負ってくれたものの中で、一番需要がありそうな製品がこれでした」

陶器ならかなりの数見たことがあるけれど、こんなに薄いものは見たことがない。

ガラスみたいだと思っていたら、実際高温で焼成することによって素地をガラス化させているらしい。

割れ物だから取り扱いには注意が必要だろうけど、しかるべき場所に持ち込めば間違いなくとんでもなく高い値段で売れるだろう。

「それ以外にもこんな風に金属製の瓶やカップなども作っておりました。時間をかければもっといい物ができると、本人達は不満げな様子でしたです、はい」

そう言ってデグジさんが出してくるのは、金属製のジョッキや食器類などだ。

鉄をそのまま使ったらさびちゃうんじゃないかと思ったけど、いくつか魔物の素材を練り込むことで耐食性を持たせることができているらしい。

手慰みで作ったとは思えないほどに使えそうだ。

装飾などもほとんどついておらず厚みもあるため、見た目はかなり質実剛健な感じだが、その分高い実用性がありそうだ。

こうやって見てみると、ウェンティで職人達に作らせたものと比べると、クオリティにかなりの差がある。

このままだと彼らが食っていけなくなるかもしれない。レベル上げは急務かもな。

幸い近くにその技術を見て盗める相手ができたんだから、多分勝手に上手くなっていくとは思うけど……領主としてもなんらかの手を打っておくべきかも。

「武具類などは使い手の命を預かるものになるので、自分達の鍛冶《かじ》場をしっかりと確保してから時間をかけて取り組みたいと」

「職人気質《かたぎ》だね……了解、急いで彼らのための家を建てなくちゃね」

鍛冶の音はかなりうるさいから、人口密集地帯に建てるのは良くない。

運ぶ時間も惜しいとか言いそうだし、鉱山の近くに建てちゃうのがいいだろう。

今後の予定を話し合い、デグジさんとは別れる。

そしてそのまま、ビスさん達ドワーフの下へと向かうことにした。


やってきてもらったドワーフの数は、合わせて百人前後。

マグロス火山へ残りたいというドワーフも多いとばかり思っていたけれど、どうやら全員がギネアへの残留を望んでいるらしい。

マグロス火山は鉱山資源的には恵まれていたけれど、色々と危険も多かった。

今までにあった嫌な思い出と決別するためにも、あの場所を離れるっていうのもいい選択なのかもしれないね。

「ウッディ様……本当に、ありがとうございます。まだ来てからさほど時間は経《た》っていませんが、この場所がどれだけ素晴らしいものなのか……既に皆が感じていますよ」

そう言ってハウスツリーの立ち並ぶ風景を見つめるビスさん。

彼の視線の先では、美味《おい》しそうにフルーツを食べているドワーフの子供達と、座って楽しそうにおしゃべりをしているドワーフの女性達の姿があった。

「だから皆、これほどまでに明るいのです。こんなの、ほんの少し前まではまったく予想できていなかったことだ……」

そして遠く離れたところではなぜかやってきているホイールさんと、彼と酒を酌み交わしているドワーフもいる。

職人気質の人も多いからか、中には既にいくつかのハウスツリーの中に籠《こ》もって、何かを作り始めた人達もいるようだ。

「こんな風に皆がリラックスして笑っているのを見るのは……俺が生まれてから初めてのことです」

そう言って、ビスさんは笑う。

彼の笑顔に触発されたわけではないだろうけれど、少し離れたところからドワーフの子供達の笑い声が聞こえてきた。

「思えば皆には、苦労ばかりさせてきたな……。このままダンジョンに飲み込まれ終わっていくかと思っていました。それが我らの運命なのだと……」

「運命ですか……でもそれなら、僕がドワーフの皆さんを救ったのも運命でしょうか？」

「……いや、決まっていたはずの我らの運命を覆してくれたのがウッディ様です。おかげで二度と笑い合えるとは思っていなかった我らが、今こうして笑えている……ギンのやつは久しぶりに、武器や防具以外の小物を作りたいと言っていました。サジのやつなんかは久しぶりにガラス細工に精を出したいと言っているし、ニトマルのやつは金属がこれほど豊富に産出するなら採掘をしてみたいと言っています」

「ぜひぜひ、その手先の器用さを活《い》かしていただければと思います」

「ここは……いいところですね……」

しみじみとそんなことを言うビスさんの横顔が、夕日に染まる。

その瞳《ひとみ》は潤んでいて。唇はグッと噛《か》みしめられて、白色に変色していた。

拳《こぶし》もグッと握りしめられ、足が大地を力強く踏みしめていた。

彼の我慢に、僕は気付かないふりをした。

「ええ、自慢の領地です」

「そう……ですか……っ！」

遠くで聞こえてくる酒盛りの声を聞いたビスさんが、僕に背を向けた。

その小さくて、けれどがっちりとしている肩が震えていることにも、僕は気付かないふりをした。

しばらく僕は、ドワーフ達の様子を眺めている。

彼らは楽しそうに酒を飲んでいる。

豪快に笑いながら酒瓶を傾ける様子は昨日とさほど変わらないように思える。

けれど彼らの顔は、どこか憑《つ》きものが落ちたように見えた。

何が違うのだろうか、と考えて気付く。

きっと彼らにとって昨日までの酒は、迫り来る終わりやいつ崩落するかもわからない洞穴への恐怖から逃げるためのものだった。

けれど今日の彼らにとって酒は、明日も頑張ろうと英気を養うための酒だ。

「困った時はお互い様ですから」

「お互い様……ですか」

「はい。助けてあげたんだから……なんて増上慢なことを言うつもりはありませんけど。もしよければウェンティの住人として、幸せになってください。そうすればきっと、回り回って僕の懐も温かくなりますから」

「……任せてください。我らを拾い上げたこと、決して後悔はさせません。ウッディ様に恩返しができるよう、必死に働かせていただきます」

そう言って、慇懃《いんぎん》な様子で頭を下げるビスさん。

きっと練習したのだろう、最初の頃よりずいぶんと慣れた様子の丁寧な言葉遣いからも、彼の生来の真面目さがよく伝わってくる。

緊張した面持ちでこちらを見つめる彼に、僕は微笑《ほほえ》んでからゆっくりと頷《うなず》いた。

「こちらこそ、よろしくお願いします」

こうしてギネア村にドワーフがやってきた。

彼らは後に、色々な細工品や加工品を作り、ウェンティに多大な貢献をしてくれるようになる。

本当に質の良い金物を買いたいなら、ドワーフ達が暮らすギネアに行け。

そう言われるようになるのは、もう少しだけ後の話……。

第四章

「……とまぁ、こんな感じだな。中は洞穴エリアやマグマエリアなどもあり、とてもじゃないが一日や二日で踏破ができそうな規模感じゃなかった。魔物の強さも浅層ならEランク程度で倒せるだろうから、かなり幅広く冒険者を呼び込むことができるはずだ」

「ふむふむ、なるほど……」

「あのドラゴンがどこから出てきたかはわからないが、あれがボスということもないだろう。恐らくだが下の方まで行けば、強力な冒険者達でも手こずるような強敵がわんさかいるはずだぞ」

「僕的にはそこまで強力な魔物は必要ないんだけどなぁ」

でも報告を聞いている感じ、ある程度の冒険者を集められるくらいの集客力はありそうだ。

この二日間ほどダンジョンに籠もり、戦い続けていたというナージャからの報告を聞いて、とりあえず満足する。

「これでギルドを誘致すれば、更に商機を見込んだ商人達がやってくることになる」

「商品が増えればそれだけ魅力も上がりますから、回り回ってウェンティの人口が増えることになるでしょうね」

「うん、多分だけど規模感だけで言うならこのマグロス火山の周りに作る村が、一番規模が大きくなるんじゃないかな。予想だけどそう遠くないうちに、村じゃなくて街になって迷宮都市になる気がするよ」

ドワーフを勧誘するためになりゆきで手に入れることになってしまったダンジョン。

ダンジョンって実入りも大きいけど、その分管理責任も大きくなるから、今からちょっと気が重いよ。

……でもあのままだと、ドワーフ達がどうなってたかわからないし。

彼らの忠誠を得られたんなら安いものだと思って、頑張っていくしかない。

「とりあえずギルド誘致のための準備を進めていこうか。アイラ、ヴァルさん達を呼んできてくれるかな？」

「はっ、ただいま」

僕らが今まで余所《よそ》から積極的に商隊を呼び込むことができなかった理由の一つに、冒険者ギルドがなかったことが挙げられる。

――冒険者とは主に魔物の討伐などを請け負う、荒事特化の何でも屋のような存在だ。

実力はピンキリだが、強力な冒険者は文字通りの一騎当千。

高ランクの冒険者の中には貴族家の三男坊や訳あって家を出た貴族令嬢などもいるらしく、素養持ちも結構な数いる。

そんな荒くれ者達に首輪を付け、彼らを統括しているのが冒険者ギルド。

ギルドがしっかりと手綱を握って管理することで、彼らは治安を（そこまで）乱すことなく暮らしているのだ。

「ダンジョンがあるとわかれば、あいつらはすぐ手のひらを返してこちらにゴマを擂《す》ってくるんだろうな……まったく嘆かわしい話だ」

「利益が出るとなればギルドの動きは速い。良くも悪くも彼らは、儲《もう》けや利に聡《さと》いところがあるからね」

冒険者ギルドの支部をウェンティに欲しいという話は、王都にあるギルド本部へ何度か掛け合ったことがあった。

けれど回答はあまり芳しいものではなく、今のところ誘致は全て失敗に終わっている。

上手《うま》くいかなかった理由は簡単に言えば――ギルド的にまったく旨《うま》みがなかったからだ。

そもそもの話、ウェンティにおいては冒険者向けの依頼が出されることがほとんどない。

ツリー村もギネア村も聖域の力で守られているため、外に出なければ魔物被害に遭うこともないからだ。

更に言うと、本来であればこういった辺境を悩ませることになる賊に関してもなんら問題はない。

聖域ロードを作った時に僕らを狙ってきためぼしい砂賊は全て潰《つぶ》しているし、サンドストームやダークエルフ達に定期的に砂漠を巡回してもらっているため、砂賊被害は驚きのゼロだ。

それにうちの領内にいれば、どれだけ食い詰めても飢えで死ぬようなことはない。

何も手に職がなかったり、事情があってまともに働けなかったりする人でも、彼らがしっかりと再就職するまでの間、食料を支給するくらいのことはしているからね。

大量のウッドゴーレムがいるので、防衛戦力にも問題はない。

そして、これが冒険者的には致命的かもしれないけど……砂漠の魔物は基本的に需要がないのだ。

見た目もすごく地味だし、魔物も水分や栄養が慢性的に不足しているため、武具などの素材にすると強度が足りないかららしい。

なのでウェンティの内側にそもそもの需要がなく、外にいる魔物も大した値段では売れないので需要がない。

冒険者やギルドにとって金になるようなものが、ほとんどないのだ。

けれど領主である僕の視点では、冒険者ギルドの支部をなんとしても作りたい事情があった。

さっきも言った通り、冒険者は荒事関係の何でも屋だ。そしてその何でもの中には、隊商の護衛依頼も含まれることになる。

僕らが冒険者に期待するのは、安価で使える護衛としての役目なのだ。

砂漠を隔てて繋《つな》がっている各地との往復をするためには、護衛は必要不可欠だからね。

大きな商会の中には専属の護衛を抱えている人達も多いけれど、今のところうちはそういった大《おお》店《だな》とは取引をしていないから。

ちなみに少なくとも砂漠を越えてウェンティにやってきてもらうためには、Ｃランク程度の実力は必要になってくる。

なので彼らが留《とど》まれるような何かがあればいいとは、常々思っていたのだ。

そんなところにやってきた、ダンジョン化したマグロス火山。

今後のことを考えると問題もないではないけど、今はそれよりこれでギルドを呼び込めそうなことを喜ぶべきだろう。

「これで色んな商人を呼び込むことができるようになるのはいいと思うんだが……ウッディはこのまま何もせずに放置する方針で行くのか？」

「ううーん、悩みどころだと思ってるんだよね。てこ入れをする必要があるとは思ってるんだけど」

王国内とウェンティを安全に行き来することができるようになるなら、各地から商人がやってくることになるだろう（目印にウッドゴーレムを置いておけば、道に迷ったりすることもないだろうし）。

ウェンティ印のフルーツには引きがあるし、最近では問い合わせの件数もかなり増えている。

今後間違いなく、往来の量は増えることになるだろう。

するとまた一つ、困った問題が出てくるようになる。

商店というのは、わりとパワーゲームなところがある。

大量の商品を買い取り在庫として抱えることができる店は、その分だけ仕入れ値を下げたり……といった具合にね。

なのでここで僕らが何もせずに指をくわえて見ていると、多分気付けばグラトニー商会やグリード商会といった大規模な商会にうちの領内の商権を乗っ取られ、彼らに大量のお金を落とすことになってしまう。

それが嫌だから、今までどこか大きな商店と独占契約を結んだりしてこなかったのだ。

大規模な商店からどれだけの量を引き取れると言われても、他の人達と同じ量しか売らなかったしね。

ちなみに僕の態度に、彼らは「わかってるだろうな……」的な捨《す》て台詞《ぜりふ》を吐いてきた。

もう今では輸入品に頼らずに生活できる環境も整ってるっていうのに、何をわかってるって話だよね。

なので僕の個人的な心証は、よろしくない。

大規模商店の手を、あまり積極的に借りたいとは現状思えていなかった。

それにそんなことをしたら……今まで砂漠の民のために頑張ってくれていたランさん達や、細々と店を営んできていた砂漠の民の商人達があまりにも報われないじゃないか。

それをなんとかするために、僕はランさんにあるお願い事をしていた。

「ランさんもいい加減頷いてくれると嬉《うれ》しいんだけどね……」

「あれもあれで、なかなか頑固なところがあるからなぁ」

そのお願い事とは——僕がフルーツ売却で作った資金を出資することで新たに作るウェンティ中をまたにかけた総合商店の店長に、就任してもらいたいというものだ。

一応僕は国王陛下から爵位をもらっている王国貴族だ。

けれど僕は実のところ、王国というものに大して強い帰属意識を持っているわけではない。僕のホームは王国ではなくこのウェンティだと思っているし、王国に所属することを選んだのは、それが一番流す血が少なくて済むと思ったからだ。

独立国家の宣言でもしようものなら、間違いなく父さん率いるコンラート公爵軍との戦争になるだろうしね。

なので当然ながらウェンティのフルーツや製品で作る利益は、ウェンティの人達に還元したい。

名前も覚えていない僕をバカにしてきた商人や、王都に向かった際に何度か顔を合わせたでっぷりと太った商人達ではなく、このウェンティに根ざした誰かに儲かってもらいたいのだ。

今居る商人達をまとめ上げ、今後やってくる王国商人達に負けないくらいに頑張れる人。

僕はそんな人を、一人しか知らない。

砂漠の民のために赤字が出ようとも自ら身銭を切って交易をしてきていたランさん。

ウェンティに根付く商人に最も相応《ふさわ》しい人は、嘘偽《うそいつわ》りなく彼女だと思っている。

なのでここ最近は、ウェンティに戻ってきてくれたランさんとなるべく顔を合わせるようにしていた。

一緒に食事を取ることなんかは問題なく受けてくれるんだけど……いざ本題に入ろうとすると、ランさんはそれ以降まったく話を聞いてくれなくなってしまうのだ。

たしかに忙しくなると思うし、今と比べたら自由度も減ってしまうとは思うけど……それでも僕はランさんにやってもらいたい。

なので僕は熱意をもって、説得に当たらせてもらっていた。


「ヴァルさん、お久しぶりです」

「ウッディ様こそ。お噂《うわさ》はかねがね」

ヴァルさんが率いるCランク冒険者パーティー『白銀の翼』は、ランさんが必ず連れている護衛だ。

必然的にランさんとの絡みも多く、色々と彼女の事情を知ってもいる。

何度か様々な正攻法を試して、見事全て失敗に終わっている。

なので搦《から》め手《て》……というわけじゃないけれど、護衛であるヴァルさんを食事に誘うことにした。

どこかに糸口がないものだろうか……。

ここ最近、ツリー村にもいくつかお店が並ぶようになっていた。

僕がやってきたのは、ツリー村に初めてできた喫茶店だ。

使っている家がハウスツリーなので王都のように洒落《しゃれ》たカフェテラス……とはいかないけど、ツリー村の若いカップル達が訪れるデートスポットの一つになっているらしい。

外にはしっかりとテラス席もあって、樹皮を編んで作っている椅子と木製のテーブルが並んでいる。

外からやってくる人もターゲットにしているからか、値段は少しお高め。

そしてメニューは、どれもフルーツを使ったものだった。

フルーツの甘みが強烈なので、ほとんどがデザートになっている。

僕はモモのタルトを、ヴァルさんはマンゴージュースとアップルパイを頼み、舌鼓を打つ。飲んでいるヴァルさんを見て羨《うらや》ましくなったので、僕もブドウジュースを頼み、グラスを傾ける。

「そういえば今になって思うんですけど、『白銀の翼』ってかなり珍しい動き方をしてますよね」

「そうですか？　自分ではあんまりそういう意識はないですけど……」

「そもそも冒険者の人って、砂漠に来たがらないじゃないですか」

「あぁ、なるほど……」

僕の言わんとしていることを理解したヴァルさんが、苦笑に似た笑みをこぼす。

『白銀の翼』はツリー村ができるより前から、この砂漠地帯を主な活動場所にしているパーティーだった。

彼らは基本的にお金になる採取や討伐依頼を受けることなく、ランさんからの護衛依頼以外にはほとんど依頼をこなしていなかったという。

ランさんが赤字を出しながら動いていたくらいだ。

多分だけど彼らがもらえていた額も、一般的なCランク冒険者が稼げる額と比べるとかなり少なかったんじゃないだろうか。

「うちはあんまり金に頓着《とんちゃく》してないですからね。そりゃあ装備の新調くらいはしたかったですけど……そこはランさんのお力を借りてなんとかしてもらってましたし」

「へぇ、なるほど。たしかに実質専属護衛みたいなものだもんね」

「まあ固定給は雀《すずめ》の涙でしたけどね……」

どこか遠い目をしながら苦そうな顔をするヴァルさん。

そう言いながらも悲愴《ひそう》感がないのは、ここ最近はしっかりと給金をもらうことができているからだろう。

現在ランさんは、世界樹の実の売却やウェンティのフルーツの輸出によってかなりウハウハ状態なはずだ。

商人ならもっとお金を稼ごうとするのが普通だと思うんだけど……ランさん自体、あんまり欲がないんだよねぇ。

ヴァルさんとの付き合いもずいぶんと長くなってきた。

初めて会った時と比べると、ずいぶんと日焼けしたような気がする。

顔つきも精悍《せいかん》になった。

痩《や》せ気味だった身体《からだ》は少しふっくらした気がするけど……それはきっといい変化だろう。

「そりゃまぁ、俺達はランさんに色々と恩義がありますからね」

「そうなの？」

「あれ、ウッディ様には話したことありませんでしたっけ？」

「うん、聞いたことないかも」

どうやらそれ以上話すつもりはないらしい。

それなら攻め手を変えようということで、僕の奢《おご》りでワインの栓を開ける。

酒造のリーダーをキープさんが勤めているウェンティのワイン産業は、まだ始まったばかり。軌道に乗るまで、最低でも一年は見てほしいと言われている。

ワインに関しては既にブドウが採れる王国各地でブランド化が進んでいるため、その一角に食い込むのは難しいらしいからね。

キープさんは醸造の期間を分けることで、何種類かのワインを開発することに成功していた。

これはその中でも比較的安価な、短い醸造期間で速攻で作った度数の低めなものになる。

うちの村で作り始めたウェンティのワインは、まるでジュースのような強烈な甘みが特徴だ。

もっとアルコールが直《じか》にという感じが好きな大人の男性達からは微妙という評価らしいが、若い男女やカップルなどには結構人気を博しているらしい。

僕も一口飲んで、うんと頷《うなず》く。

ワインの美味《おい》しさはわからないけれど、フルーティーで飲みやすいことだけはわかる。

「いやぁ、これ美味《うま》いっすねぇ……」

ワインをどんどんとグラスに注《つ》ぎ、ガバガバと空にしていくヴァルさん。

気付けば二本目を開けている。

ヴァルさんは酒好きだけどそれほど得意ではないらしく、徐々に酔っ払い始め饒舌《じょうぜつ》になってくる。

僕はきちんと頭が回る程度に抑えているけれど、ヴァルさんはどんどんと気分を良くして既に三本目に突入していた。

「まぁ姉御自体、あんまり他人に心を開くタイプじゃないっすからねぇ……」

既にぐでんぐでんに酔い顔が真っ赤になっているヴァルさんが頼んだジュースを飲み干した。

どうやらヴァルさんは笑い上戸らしく、常に薄く笑っている。

「そうなの？　ランさんって意外と気さくな人だと思うけど」

「人付き合いはそんなに下手ってわけでもないっすけど、あの人はいざとなったらパワーで解決しようとしますからね」

「パワーって、経済的な？」

「経済的じゃないっす、物理的なパワーっすよ！　俺なんてまだ姉御相手に一本も取ったことないんすから！」

「え、ランさんってそんな強いの⁉」

「そりゃそうっすよ、だって姉御は元Aランク……あ、やべっ」

ヴァルさんが自分が口を滑らせたことに気付いて口を噤《つぐ》む。

近い将来ランさんに折檻《せっかん》されることを想像しているからか、その顔は青ざめていた。

想像していなかった情報が来て、僕だってかなり驚いているのだ。

（ランさんって……元冒険者だったの⁉　しかもAランク⁉）

思ってもみなかった情報に、パンクしそうな頭で必死になりながら考える。

なるほど……どうやら素性を隠そうとしているらしいランさんの方にも、事情はありそうだ。

一度腹を割って話し合いをした方がいいのかもしれないな。


次の日、僕は「絶対に俺が話したってこと言わないでくださいね！」と執拗《しつよう》に念押ししてくるヴァルさんに約束してから、ランさんと食事をすることにした。

待ち合わせ場所に指定したのは、昨日と同じ喫茶店。

けれど昨日とは違って、今日はお酒は一滴も入れずに話し合いだ。

「――とまぁ、報告はこんな感じですね」

ウェンティのフルーツがどのくらい、どの程度の値段で売れたかという情報や、売れ行きの伴う値段の変更や調整。

規模的には大きくなってきているはずだけど、どちらかといえばウェンティに暮らす人達の生活を支えている側の人間であるランさんは以前と何も変わらない。

売れた金を使って仕入れてきたものの内容や、それらをどの辺りで卸すつもりなのかといった、商人としては黙っていた方が良さそうな情報まで律儀に教えてくれるのだ。

今思うと、彼女の商売っ気のなさは、元冒険者であるところも関係していたのかもしれない。

「それではそろそろお暇《いとま》を……」

「ちょっといいでしょうか、ランさん。もしよろしければもう少しお話でも……」

「……はぁ、ウッディ様のご期待に添えるとは思いませんが……」

上がりかけていた腰を下ろすランさん。

彼女が渋っている理由は、一体どこら辺にあるのか、一応一日かけて僕なりに考えてきた。それが当たっているといいんだけど……。

「ランさん、以前と変わらず仕官をするつもりはありませんか？」

「もちろんです。お誘いをしてくださるのはありがたいですが、正直なところ今は自分の仕事をするので手一杯でして……」

「それなら総合商店の店長就任の方はどうです？」

「そちらも遠慮させていただくと再三申しております」

とりつく島もないランさん。

目を伏せながら軽く頭を下げるその様子からは、普段の彼女からすると想像もつかないほどに強固な意志を感じた。

今まではその理由がまったくわからず、困っていた。

現状僕らには、ランさん以外に頼れる人がいない。

というか……僕がやってほしいのだ。

時に自分のことすら犠牲にしながら今まで皆のために奔走してきたランさんしか、適任はいないと思っているから。

なので僕は、一つ切り込むことにした。

これで関係性が変わったとしても、構わない。

「それはランさんが元冒険者、という事情が関係しているんでしょうか？」

「どどどどどこでそれをっ⁉」

先ほどまで伏し目がちだった彼女が顔を上げると、驚きからその目をぎょろりと大きく開く。

僕は彼女に対して、答えを濁しておいた。

ヴァルさんに言われた通り、彼の名前は口にしていない。

そこはしっかりと義理を通さなくちゃいけないからね。

立ち上がっていたランさんはあわあわと口を開いてからわなわなと震えだし……そしてそのまま、どかりとテーブルに座り直す。

その瞬間、彼女のまとっている空気感が変わる。

いつもの人好きのする商人然とした彼女の全身から、気迫が漲《みなぎ》っている。

あまり戦闘の心得のない僕だけど、発されている強力なプレッシャーにごくりと喉《のど》が鳴った。

「はぁ……そうよ。私は元は冒険者だった。だったよ、だった、過去形の話だから。もう何年も前の話よ……ワインをボトルで！　一番度数が高いやつね！」

普段の丁寧な口調はどこかへ消えており、店員に話しかける姿は妙な貫禄《かんろく》があった。

ざっくばらんに接してくれる、ということだろうか。

多分だけど、これがランさんが隠していた素の部分なんだろう。

ランさんは一緒に出されたコルク抜きを使わず、思いっきり歯でコルクを抜いた。

とんでもない強靱《きょうじん》な顎《あご》の力だ。わ、ワイルドすぎる……。

「ウッディ君もウッディ君よ、乙女の秘密を暴き立てるのは趣味が悪い。男としてサイテーね」

「うっ、す、すみません……」

素性を暴き立ててしまったことに罪悪感を覚えたので、正直に頭を下げる。

謝ってから顔を上げるとそこには、なぜか笑みを浮かべているランさんの姿があった。

「悪いと思ったら素直に謝れる、ウッディ君のそういうところは、美点だと思うわ」

「ありがとうございます」

「けど悪いと思ってるなら……わかってるわよね？」

そう言うと、さっきまでジュースが入っていたグラスになみなみとワインが注がれる。

当然ながら、ランさんが頼んだ一番度数の高いワインだ。

ポケットには酔い止まりも入っているけれど……これを使うのは、なんだか違う気がした。

なので僕は大きく息を吸って……そのまま一気にワインを飲み干す。

「良い飲みっぷりね」

「に、苦くて美味しくないです！」

「大人の味って言いなさいな。人間歳《とし》を取ると、苦みも受け入れられるようになるものよ……って、誰が年増ですって⁉」

「——あ痛ぁっ⁉」

どこからか取り出したハリセンを使ってスパコーンと頭を叩《たた》かれる。

「い、言ってないです！　何も言ってないですって！」

「私に思わせたんだから同罪よ」

「どういう理論ですか⁉」

ランさんって思ってたより……かなりむちゃくちゃな人なのかも⁉


「ほら、グラスが空いたわよ」

「どうぞどうぞ……」

僕は今、生まれて初めて誰かにお酌をしていた。

やり方がわからないなりに、いつもアイラがやっているように見よう見まねでやってみる。ハンカチでボトルの周りをぐるりと巻いてから注ぐと、ランさんが『ヨシッ』と言ってから一息で飲み干してしまった。

「なーにもってんの！　なーにもってんの！　飲み足りないからもってんの！」

わけのわからないかけ声のようなものを叫んでは、僕が注いだ酒を飲んでいる。

たしかあれって男の冒険者達の間で流行《はや》ってる、コールとかいうやつだったはず。

あれって誰かに飲ませるためのものだったと思うけど……自分で叫んで自分で飲むんだ⁉

「ほらウッディ君、駆けつけ一杯よ」

「駆けつけてから大分経《た》ってると思うんですけど……」

「うるさいっ！　乙女の秘密を暴いたんだから飲みなさい！　……誰が乙女だ！　私が乙女よ！」

なんだか支離滅裂になり始めているランさん。

隙あらば僕のグラスにも酒を入れてくるというアルコールハラスメントパーフェクトパックをかましながら、どんどんと酒と食事を平らげていく。

と、とんでもない酒乱だ。

父さんも酒を飲むとちょっと気性が荒くなるけど、これは次元が違う気がする。

「ふう～～～～っ、なんだか久しぶりに開放的な気分になってきたわね……」

「うっ……」

大きく息を吐いたランさんの口から漂うとんでもないアルコールの香り。

これを嗅《か》いでいるだけで、酔いが回ってしまいそうなほどに酒臭い。

「ここ最近は誰かさんのおかげで、ず～～～～っと忙しかったからね」

「そ、それは……すみません」

ランさんに色々と仕事を頼んでしまっている身としては何も言えない。

どうやら僕は知らず知らずのうちに、ランさんにかなりのストレスを溜《た》めさせてしまっていたようだ。

たしかに元冒険者として自由を愛するランさんからすると、今の自由な時間がほとんど取れない状態は相当にキツいのかもしれない。

もう少し早い段階で、ランさんのことをしっかり知ろうとしておくべきだったなとちょっぴり後悔。

俯《うつむ》いてしょんぼりしていると、頭をがしがしと乱暴に撫《な》でられる。

「そんなしょげた顔しないの。今の仕事は私が納得した上でしてるものだし、それに商人としての仕事自体、そこまで嫌なわけじゃなくなったしね」

「なくなったってことは……もしかして最初は、嫌だったりしたんですか？」

「もちろん！　細かい金勘定なんか不得意もいいところよ。そのせいでずーっと赤字続きだったたし。

……まぁ、それでいいとも思ってたんだけどね」

ランさんが新たに頼んだ、フルーツを使ったパウンドケーキがやってくる。

切り分ける前の丸々一本のそれに、ランさんがワイルドにかじりつく。

「ウッディ君も食べる？」と口をつけていない逆側を差し出されたが、当然ながら遠慮させてもらった。

「ウッディ君は貴族の家に生まれたこと、嫌だと思ったことはない？」

気付けばちびちびと舐《な》めるように酒を飲み始めていた。

どうやら自分の酒の許容量は、しっかりと把握しているらしい。

「うーん……あまりないですね。自分はそれが当然だという環境で育ったので、貴族として生まれて貴族として生きるのが当たり前だと思っていましたから」

僕は酔いすぎて火照っている身体を冷ますために、とにかく果実水とデトックスウォーター、そしてアイスのフルーツティーをがぶ飲みして体内のアルコールを少しでも薄めることにした。

「そっか……それなら、ツリー村を作る前のことならどう？　コンラート家に命じられて砂漠にやってきた時なら、嫌なら全てを捨てることができたはずでしょう？　どこかに逃げ出すことも、砂漠のどこかに消えてひっそりと生きていくこともできたでしょう？」

「それは……」

命令を無視して、そのままどこかへ消えていく。

アリエス王国ではない他国にでも向かえば、僕はウッディ・コンラートではないただのウッディとして、ひっそりと生きていくこともできたはずだ。

正直なところ、一度も考えたことがないかと言われれば嘘になる。

それはきっと、何者にも縛られない自由な選択だっただろう。

「できたとは思いますけど……結局選びはしませんでしたね」

「どうしてかしら？」

「逃げるのは自由で楽だとは思うけど……きっとその先の一生で、後悔することになると思うから」

「ふぅん、真面目なのねぇウッディ君は」

二人でちびちびと酒を飲む。

先ほど一瞬で飲み干していたのが嘘であるかのように、二人でペースを落としてしっぽりとお酒を飲む。

「私は冒険者を辞めたわ。当時の戦闘能力はAランクの中でもトップだった。誰と戦っても負ける気はしなかったわ。でもそのせいで色々としがらみが増えた……知ってる？　冒険者ってランクがCを超えると、実質的に断ることができない依頼が来るようになるのよ。いわゆる、指名依頼ってやつね」

ランさんの顔はわずかに火照っている。

彼女より全然飲んではいないけど、きっと僕の顔はもっと赤くなっていることだろう。

でもきっと、こういう話をする時は酔っている時の方がいい。

だってそれならお互い、酒の席での話だからと流すこともできるだろうから。

「Aランク冒険者で、自分で言うのもなんだけど容姿も悪くない。そんな私には、あらゆるところから指名依頼が飛んでくるようになった。けれどそのほとんどが、やりたいとも思えないようなつまらない依頼ばかりだったわ。気付けば強敵と戦うよりも、令嬢の護衛をしたり各地で歓待を受けたりする数の方が多くなっていった……」

ワインをくゆらせる。

その香りを嗅いでから、ぐいっとグラスを傾けて中身を空ける。

ふぅ……と熱い息を吐くランさんは、薄く笑っていた。

「私はあなたほど真面目でも苦労気質でもないから……全部ぶん投げた。仕官なんかしたくないし、そもそも強制的に働かされるのが嫌。私は自由になりたくて、冒険者になったの。でも結局冒険者として大成すると、一番欲しかったはずの自由はどんどんなくなっていっちゃったんだけどね……」

苦笑のような、どこか自嘲《じちょう》めいた笑み。

また一つ、ランさんの今まで見たことのない表情を目にしてしまった。

「だから私は、新天地でやり直すことにしたの。まあ、私のことを姉貴分として慕ってくれているどこかのパーティーがついてきちゃったのは誤算だったけど……商人として第二の人生を送ることにした」

そういえば今思い返すと、ヴァルさんはランさんに常に敬意を払っていたように思う。あれは先輩であるランさんに対しての尊敬だったのか……。

そこからランさんは、自分が冒険者を辞めてからの生活について教えてくれた。

商人としての生活は、冒険者をしていた頃よりも楽しかったらしい。

パーティーでも金勘定は他のメンバーに任せていたので、最初のうちは色々とミスもしたらしいけど……それでも続けることができたのは、冒険者をしていた頃には感じられなかったような充実感を得られたからだ。

「冒険者は基本的に鼻つまみものだから、よほど切羽詰まっている地域にでも出向かない限り、どこに行ってもあまりいい顔はされない。けれど商人はその逆で、基本的にどこに行っても歓迎された。私があまり人の行き来のない砂漠地帯を選んだのも大きいんだろうけど」

「そもそも物資の往来がほとんどないですからね……」

「一応私もウッディ君と同じで『収納袋』は持ってるけど、持っているのがバレると面倒だから使ってなかったのよね」

たしかに砂漠において、水や食料を長期間保存することのできる『収納袋』の重要度はかなり高い。

ランさんってお金儲《かねもう》けはそんなに上手くないけれど、なんていうんだろう、そういうところの立ち回りみたいなのが非常に上手だよね。

それも冒険者の頃の経験が活《い》きてるんだろうな。

「『収納袋』は商人は皆喉から手が出るほど欲しい魔道具って言いますよね。僕も実際、アシッドに狙われましたし……なんとか死守しましたけどね」

「冒険者の頃にしこたま稼いだもの。これでも、下手な貴族なんかより稼いでたんだから」

「冒険者って、夢があるんですねぇ……」

「まあどれだけ稼げたところで、忙しすぎて使い道なんてほとんどなかったんだけど……」

そう口にするランさんの顔が、ライトに照らされて淡いオレンジに光る。

ランさんが冒険者の頃の話をする時は、どうにも暗い顔をするようなことが多い。


その後もランさんの冒険者稼業の頃の愚痴が続く。

お酒で少し頭が鈍くなっているおかげで、時折同じ話を繰り返されても楽しく最後まで聞くことができた。

物語の中の登場人物みたいで格好いいものだとばかり思っていたけど、色々とつらいことも多いんだなぁ……。

「冒険者の頃のいい思い出はないんですか？」

「それは……もちろんあるわよ」

そう言うとランさんの口からポツポツと、昔の話が出てくるようになる。

ランさんが思い出せる楽しい記憶は、駆け出し冒険者をしている頃のものが多いようだった。

「安酒を飲みながら、どっちが王国一の冒険者になるか朝まで言い合って、結局次の日二人とも二日酔いで動けなかったり……今になって思い出すのって、そんな情けない話ばっかりね」

「いいじゃないですか、夢を語り明かすの。いかにも若者って感じで」

これは本心からの言葉だ。

なんでも語り合える友人がいるなんて、いいなぁ。

僕にはなんでも気兼ねなく話せるような友達はいなかった。

貴族社会はどうしても関係性に実利が絡むからね。

損得なしに付き合える友人なんてものはほとんどいなかった。

「……私はまだ若いわよ！　それに達観した物言いをしないの、ウッディ君だってまだ若いのに」

軽くランさんに頭を叩《たた》かれる。

彼女は楽しそうに笑っていた。

「ランさんが一番嫌なのは、やっぱり自由がなくなることなんですか？」

「うーん……まぁ、そうね」

現在ランさんは自分の『ウィング商店』を開いている（ちなみにこの名前は、前に組んでいたパーティーから取ったのだとか）。

商店の規模はウェンティで見ると大きいけれど、商会全体で見ると中規模の中でも小さい方くらいといった感じ。

今後色々な人がやってくることになるウェンティで、他の商家達と戦っていくには少々心許《こころもと》ない規模と言える。

冒険者として夢を追っていたランさん。

夢破れて商人としての道を選んだという彼女に、新たな夢はあるんだろうか。

気になったので聞いてみた。

「夢、ねぇ……別にないかな？　強いて言うなら、砂漠中に物資を届けたいとかになるのかなぁ」

どうやらランさんは、冒険者という仕事をしていただけのことはあり、自由というものになみなみならぬこだわりがあるようだ。

総合商店の店長就任を嫌がっているのは、僕の紐付《ひもつ》きになって自由がなくなるのが嫌だから。

僕と仲良くなること自体は嫌がっているわけでもないし、個人的には良好な関係を築くことができていると思っている。

それなら僕が採るべき選択肢は……しばし頭を回してから、僕はランさんにある提案をすることにした。

「ランさん、もしよければ……僕から融資を受けませんか？　とりあえずの額としては、そうですね……金貨十万枚ほど」

僕の提案を聞いたランさんが、首を傾《かし》げる。

少しだけ目を細めた彼女は、僕の正気を疑いながら更にその角度を大きくした。

「金貨十万枚……？　そんな馬鹿げた額……どう考えても、ウェンティの税収より高いですよね？」

仕事モードに入ったからか、先ほどまでの酔いは一瞬にして覚めたようだった。

僕の方もそれに合わせて酔い止まりを飲み、これ以上酔いが進まないようにさせてもらう。

「まぁもちろんそうなんですけど……ほら、今うちには自領でだぶついているお金がありますから」

「……なるほど、世界樹の実の売却益ですか」

「ご賢察です」

現在ウェンティには、使い切れない量の金貨がある。

具体的に言うと王家と一部の大貴族に卸している世界樹の実と、採れる中でも最高品質のフルーツ達の売却益である。

その額はと言うと、少なくともウェンティで公共事業をしたりする程度では使い切れないほどのもの。

ツリー村もギネア村も聖域化していることで、維持費らしい維持費はほとんどかかることがない。うちでかかるのはサンドストームとダークエルフ、マトン達官吏に支払う給料や、手に職をつけるための就労支援くらいなもの。

そしてぶっちゃけこれくらいなら、ウェンティの税収だけで十分にまかなえる範囲に収まっている。

現在ウェンティでは、とにかくお金が余っているのだ。

更に言えばこれは一時的なものではなく、今後も定期的にもらうものでもある。

使い切れずに大量にだぶついたお金を死蔵させることは、経済上大変よろしくない。

金は天下の回り物というわけではないけれど、お金というのはよどみなく回さなければ必ずどこかで大きなひずみを作ってしまうことになる。

僕が総合商店の設立にこだわっていたのは、これを使ってウェンティの貧弱な商業基盤をしっかりと固め、ウェンティに根付いてくれる力を持った商店を作ることが目的だったからだ。

でもそうやって紐付きにすることでは、自由を好むランさんの協力は得られない。

それなら発想の逆転だ。

つまり……彼女に自由を与えたまま、お金だけを貸してしまえばいい。

「利息も最低限でもいいですし、なんなら条件付きの譲渡みたいな形でも構いません」

「それだけされると、流石《さすが》に怖くなってきますね」

僕は大きな商店がウェンティにできればそれでいい。

管理がしやすいから自分で出資して会社を建てる形にしようとしていたけれど……形を問わなけ

れば作れるというのなら、別に融通を利かせても構わない。

僕がランさんにお金を貸し、ランさんに『ウィング商店』をどんどん大きくしてもらう……その形が、今の僕達にとって一番いい形なんじゃないだろうか。

「ウェンティの人口は今後増えていくでしょう。なのでその時にはお金が必要になるでしょうが……それは今ではありません。でしたらそれをランさんに使ってもらった方が、お互いのためになるかと思いまして」

「なるほど……悪くない、むしろ素晴らしい提案ですね」

お金というのはお金のあるところに集まる。

商人というのは、お金があればあるだけできることが増えるものだ。

リスクが高いものほど、より多くの利益をもたらしてくれるのだから。

「お金は自由に使ってもらって構いません。用途に制限を特に設けるつもりもないです。ただ一つだけ」

「なんでしょうか？」

「そのお金は――このウェンティの皆の幸せのために使ってください。僕が望むのは、それだけです」

僕の言葉を聞いたランさんが笑う。

それは先ほどまでの乱暴なランさんと仕事モードのランさんを足して二で割ったような、複雑な顔つきだった。

女性はいつだって、男性には解き明かせないくらいに難解だ。

「そういうことでしたら……ウッディ様のご厚意に甘えさせていただこうかと」

元々が降って湧いたような金だ。

別に騙《だま》されて一銭も返ってこなくても、僕の人を見る目がなかったで済むだけの話。

というわけで僕は今ウチでだぶついているお金を、ランさんに貸し出すことにした。

きっとこれは、今後のウェンティの発展の大きな一歩になる。

僕はなぜかそう確信していた。

そして僕はそのまま上機嫌なランさんと一緒に朝まで酒を飲み明かし、翌朝アイラとナージャにたっぷりと叱られるのだった……。


翌日のお昼。

朝帰りをしてこってりと絞られた僕はそのままぐっすりと眠り、起きてからそのままツリー村の中をナージャ達と散歩することになった。

「まったくこれだからウッディは……大丈夫か？　食べられたりはしなかったか？」

時間が経ってもまったく鎮火する様子のないナージャが、そういって僕の身体をぺたぺたと触ってくる。そして服をぺろりとめくり、服の下の肌まで観察された。

や、やめてよっ！

そんなことをされたら、僕もうお嫁に行けない！

「た、食べるって……ランさんは別に魔物じゃないよ？」

「いや、そういう意味では……そうか、ウッディは偉い子だな」

なぜか優しい顔で頭をなでなでされる。

どうやらようやく、機嫌が直ってくれたみたいだ。

よくわからないけど助かった……。

「……この調子だと、どうやら問題はなさそうですね（ぼそっ）」

「それはそうだ。あの女はああ見えて意気地がないからな（ぼそぼそっ）」

後ろで何やらナージャとアイラが話している。

話の内容までは聞き取れないけれど、二人の表情を見ている感じ、多分聞かなくてもいいタイプの話だろう。

付き合いも長くなってきたから、それくらいのことは僕にもわかるようになってきた。

「そういえばそろそろ、冒険者ギルドの視察の人が来るらしいんだよね」

「その時は当然、私も同席するぞ！　この砂漠に出てくる魔物やダンジョンについては、私が一番詳しいんだからな」

胸を張るナージャの様子がかわいかったので、今度は僕が彼女の頭を撫《な》でる。

するとナージャは、その顔を真っ赤にした。

さっき撫でている時はあんなにカッコ良かったのに、今はかわいらしい普通の女の子だ。

ギルドの誘致は問題ないだろうから、あまり心配はしていない。

ナージャの話だと、ダンジョンの奥にいる魔物達はかなり強力って話だから、勝手に腕利きの冒険者達が集まってくれることを祈ろう。

今はドワーフ達もいるから、加工にも困ることはないしね。

ここ数日は顔も見せてなかったから、今日の予定が終わったらギネア村に行くことにしようか。

ドワーフの皆の話にも、しっかりと耳を傾けておかなくちゃいけないし。

「そういえば今って、どこに向かっているんですか？　格好もいつもよりぴっちりしている気がしますけど」

「ああ、なんでも神獣の二人が話があるらしくて。なので一応、きちんと身なりには気をつけておこうかなと」

「ということはシムルグさんだけじゃなくてホイールさんまでいるのか……また碌《ろく》でもない話じゃないだろうな？」

ナージャはシムルグさんのことはしっかりと信頼しているが、どうもホイールさんのことをお酒にだらしないおじさんのように思っている節がある。

まああながち間違っているとも言えない気もするけど……。

「僕も話があったから、ナイスタイミングだったよ」

僕の話というのは、マグロス火山のダンジョンの周囲に新たな村を作る計画のことだ。

ホイールさんが聖域を延ばしてあのあたりまで広げられないか、聞いておきたかったんだよね。

やっぱり聖域があるのとないのとでは、村を作ったり、維持したりするのにかかる費用が全然違うから。

「そういえば、ミリアさんも話があると言っていましたよ」

「それなら後で聞いておかなくちゃいけないね」

やらなくちゃいけないことが次々と出てくるなぁ。

一つ一つ解決して、早く休みたいよ。

昨日の二日酔いがちょっと残ってて、頭がぐらぐらする……しばらくお酒は、控えておくことにしようかな。

第五章

普通、聖域を作った神獣というのはその地域と共に生きることになる。

故に土地に縛られ、聖域がなくなるまでそこから出ることができなくなる。

神獣というのは文字通り、その土地の守り神なのだ……というのは、結構有名な話だったりする。

けど現在、シムルグさんとホイールさんは普通にお互いの村同士を行き来している。

当然、自身の聖域は明らかに飛び出している。

シムルグさんの話では前はできなかったけど、今はなぜかできる。

その理屈は、本人達でもよくわかっていないようだ。

そのおかげで、今ではシムルグさんとホイールさんはしょっちゅう一緒にいる。

誰とでも仲良く接することができるホイールさんに連れられて、シムルグさんがギネア村にいるところも何度も見たことがあるし。

本人達は否定するだろうけど、なんやかんやで神獣様達は仲が良い。

だから僕は彼らからその話を切り出されても、さほど驚くこともなく受け入れることができた。

「ウッディ、実はな……」

「知り合いの神獣が、こっちに来たいってせっついてくるのよな！」

二人が声を揃《そろ》えて言う。

「――新しい神獣様ですか！」

なんの話だろうとは考えてはいたけど、流石《さすが》にそれは想定していなかった。

「まあ最近ではここも有名になってきたから、神獣界隈《かいわい》でも話題にのぼるようになってきてるのよな」

「神獣様というのも、案外世俗的なんですね……」

「そりゃそうさ。そもそも俺らは信仰がないと真の実力を発揮できんわけだし！」

今回の神獣様は、どうやらビビの里の話を聞いた他のエルフ達の住処《すみか》の近くに住んでいたらしい。

今まで王国で神獣様関係の話はほとんど聞いたことがなかったけど……もしかすると神獣様って、僕が思ってるよりも沢山いらっしゃったりするのかな？

でも新しい神獣様か……あっ、そうだ！

それならその神獣様に、新しく作る村を聖域化してもらえればいいんじゃないかな⁉

シムルグさん達に新しいダンジョンの話と、そこの開発に伴う新たな村作りの話をする。

ちょいちょい人と交流しているホイールさんは知っていたけど、基本的に一人でゆっくりしているのが好きなシムルグさんはまったく事情を知らないようだった。

持ってきていた地図を広げ、二人に場所を説明する。

「ここら辺なら、聖域の範囲外よな？」

「うむ、問題はないはずなのである。それにこれだけ距離が離れているのならこっちに来なくても済みそうだし……」

「ただ今回作る村はダンジョンの近くにある関係上、ツリー村やギネア村と比べると治安とか防犯とか、色々と問題が発生しそうなんですが……問題ないでしょうか？」

神獣はあまり俗世に干渉することはない。

けど今度作る村は人の流れなんかもこっちより速くなりそうだから、色々と治安上の問題も起きると思う。

僕的にはそれが結構な懸念だったんだけど……シムルグさん達はその話を聞いてもまったく動じることなく、ただ頷《うなず》くだけだった。

「あれなら問題はないであろう」

「そうそう。口やかましい女だから、むしろ自分から嬉々《きき》として首を突っ込むことは間違いないのよ」

「ふぅん、何やら面白そうな話をしてるのね？」

突如として現れた新たな声。

今まで聞いたことのない、落ち着いていて艶《つや》のある大人の女性の声だ。

その声を聞いたシムルグさん達が、ギギギ……と壊れた人形のように後ろを振り返る。

するとそこには……見たことがないほどに美しい毛並みをした、銀色の狼《おおかみ》が立っているのだった。

僕は突然現れた狼に、思わず見入ってしまった。

サイズ感的には、シムルグさんやホイールさんと同じくらい。

体高が僕の身長より少し小さいくらいなので、狼としてはかなり大きい。

ふわふわとした銀の毛並みはしっかりと手入れがなされており、思わず触りたくなるような光沢を放っている。

その金の瞳《ひとみ》には理知的な光が宿っていて、とても賢そうに見える。

全体的にほっそりとしたフォルムをしていて、どこか女性的な印象を受けた。

えっと、二人の狼狽《ろうばい》している様子を見る感じ……彼女が呼ぼうとしていた神獣様ってことで合ってるかな？

「フェム、もう来ていたのか。それならそうと一言言っておいてほしかったのであるな、ハハハ……」

「そ……そうなのよ！　俺達の間に隠し事なんて、水くさいのよな！」

明らかに動揺している様子の二人は、目に見えるほどに冷や汗を掻《か》いている。

そんな二人を見た銀の狼──フェムさんは男二人にバカにするような目を向けてから……スッと視線をこちらに向けてくる。

そしてそのままてくてくと歩いてくると、小さく首を下げた。

神獣様に挨拶《あいさつ》をされて、僕も会釈を返す。

「どうも、このウェンティを治めているウッディ・アダストリアと申します」

「どうもウッディさん、私は神狼《しんろう》のフェムと申します。どうか気安くフェムさんと呼んでくださいな」

そう言って笑うと、鋭い牙《きば》が覗《のぞ》く。

けれどそれを見ても恐ろしいという感じはなく。

その表情はシムルグさん達と同様にどこか人間味に溢《あふ》れていた。

先ほどまでの鋭利な感じも消えている。

「そのご高名はかねがね聞き及んでおります」

「そ、それは……ありがとうございます」

「聞き及んでいる噂《うわさ》は正直疑わしかったので、一度こうして現地を見に来てみたのですが……想像以上でした。こうして二人も手懐《てなず》けていますし、かなりやり手なのですね」

「手懐けるだなんて、そんな！　二人には力を貸してもらうことが多くて、毎度助けられてばかりですよ！」

「……そして人となりも善良ね。なるほど、人が集まるのも道理ですね」

「ウッディ、実はフェムは匂いで相手の嘘《うそ》を見抜くことができるのである」

「えっ⁉」

予想外の言葉に、思わず汚い声が出てしまった。

何かマズい話とかしたっけ……と思い返してみるが、まったく問題はないことに気付く。

そもそも僕って、あまり嘘をつくタイプでもないし。

「そして気さくな方でもあるというわけですね」

牙を見せながら小さく震える。どうやら笑ってくれているらしかった。

突然の来訪にはびっくりしたけど、向こうの印象もそこまで悪くはないようだ。

「ウッディさん、もし良ければ私にも世界樹の実を譲ってはくださいませんか？　その代わりと言ってはなんですが、微力ながら領地経営をお手伝いさせていただけたらと思います」

シムルグさん達に話していたのと同じ内容を、フェムさんにも話す。

ふむふむと頷いていた彼女はそのまま前足を動かし、地面の上にぱふっと乗せる。

「お任せください。幸い、荒くれ者の取り扱いには心得がありまして。うふふふ……」

そう言って笑うフェムさん。

その態度は柔和だったけれど、僕はシムルグさん達が彼女のことを恐れていた理由が、なんとなくわかるような気がした。

多分だけど彼女は――女傑なのだ。

僕はビビりながら肩を縮こまらせているシムルグさん達を見て、フェムさんに逆らってはいけないと悟るのだった。


その後樹木間転移を使い、フェムさんをマグロス火山へと案内することにした。

ナージャが連れ立ってダンジョンの中の説明なんかをしてくれるということなので、今回は彼女に任せることにする。

「これも未来の……お、お嫁さんの務めだからなっ！」

こんな風に言われたら、信じて送り出すしかないもんね。

ナージャと別れた僕とアイラは、ミリアさんのところに向かうことにした。

「――っ――あ――い――！」

「なかなかな騒ぎになっているみたいですね……」

アイラが言う通り、まだ宿舎までかなり距離があるのに既に騒いでいる声が聞こえてきている。

もしかして何か危ないことでも起きたんだろうか……自然と歩くスピードは速くなっていき、それに釣られて心も急《せ》いてくる。

「──────い、一体私はどうすれば──」

ミリアさんは何やらかなり慌てている様子で、近付くと彼女の切羽詰まった声がはっきりと聞こえてくる。

僕は二回ノックをしてから、彼女が不安に思わないよう声を張り上げた。

「ミリアさん、ウッディです！」

「う、ウッディ様！　よくぞお越しくださいました！　こ……これをご覧ください！」

開かれた扉の先、額から汗を流しているミリアさんの向こう側には……上手《うま》く言葉で表現することのできない、よくわからない生き物がいた。

「……」

その見た目は毛玉だ。

色は薄い赤で、もこっとした毛玉に、そのまま目玉をつけた感じ。

目がくりくりしていて、毛はふわふわしていて、思わず触りたくなる魅力があるが、これは一体……？

「ウッディ様、これは──精霊です！」

「えっ、これが精霊なの⁉」

イメージとずいぶん違う精霊の様子を見ながら、思わず口が開いてしまう。

精霊がなんなのかは、流石の僕でも知っている。

彼らは簡単に言うと、自然現象の一つだ。

魔力がなんらかの形を取って物質的な肉体を持ったものを、総じて精霊という。

精霊は物語の中では人の姿を取ったり、また獣の姿を取ったり、生き物を模した存在として描かれることが多い。

少なくとも僕は、精霊がこんな感じの丸い毛玉だという話は聞いたことがなかった。

「……？」

毛玉がふよっと宙に浮き、くるくると回転する。

そして僕の方を見たかと思うと――なんかすごい勢いで飛んできたっ⁉

呆気《あっけ》にとられている僕を守るべくアイラが飛び出すが、毛玉はもこっと素早い動きでそれを回避し……僕の頭の上に乗る。

「にゃー……」

ぽふんと軽い衝撃が来たが……それだけだった。

その身体《からだ》はびっくりするほど軽くて、まったく重さというものを感じない。

精霊が僕の頭の上に乗り、そのままぐでーっと身体を頭の上で広げる。

「みゃー……」

「鳴き声……猫みたいなんだね……？」

突然のことに対して出てきた言葉は、なんとも間抜けなものだった。

◇◇◇

「――というわけなのです」

「ふむふむ、つまり世界樹が光ったかと思うと、次の瞬間には精霊が生まれていたと……」

ミリアさんの説明を聞きながら頷く。

突然、世界樹が光ったかと思うと、次の瞬間にはこのもこもこ精霊が生まれていた。精霊を初めて見たミリアさん達ダークエルフは、興奮二割テンパり八割でとにかく騒ぐことになり、騒いでもどうしたらいいのかはまったくわからなかったので、とりあえず僕に判断を仰ぎたいらしい。

「世界樹から出てきたということは、多分だけど地脈となんらかの関係があるんじゃないかな？……とりあえず一度、シムルグさん達に話を聞きに行ってみようか」

「そうですね、それが間違いないかと……」

アイラはじっと僕を見て、そして僕の頭の上で嬉《うれ》しそうにひなたぼっこをしている精霊を見てから、また僕を見た。

「ウッディ様は色んなものをたらし込みますね」

「ちょ、ちょっと含みのある言い方だね⁉」

どうやら精霊の位置は完全に頭の上で固定されてしまったらしく、僕は精霊を連れたままシムルグさん達がまだいるであろうウィンドマスカット園へと再び向かうのだった……。

「ふむ、また珍しいものを……」

「火精霊か。炊事の時の薪《まき》にでも吸い寄せられたのかもしれないのよ！」

僕が頭の上に精霊を乗せたまま彼らのところへ向かうと、二人とも一瞬のうちにこの毛玉の正体を看破してみせた。

流石は神獣様だと、詳しい話を聞かせてもらうことにする。

「そもそもこの世界には、精霊は数え切れないほど大量に存在している」

「目に見えないものは、微精霊なんて呼び方をすることが多いのよ。精霊っていうのは基本的には、うちんとこのガキと一緒で、悪戯《いたずら》好きなのよ」

精霊は元は魔力の塊であり、魔力を好む。

なので魔素だまりや地脈などの魔力が集中する場所には、精霊が集まりやすいのだという。

基本的に精霊は目に見えることはないが、長い年月を生きたり、大量の魔力を溜《た》め込んだりして成長した精霊は、他の生き物の目に見えるようになるのだという。

「ウッディの頭に乗っているのは、火の小精霊であるな」

「この大きさでも小なんですね」

「大精霊とかだと人よりデカくなることも多いのよ。火の大精霊の場合は、大抵ゴリゴリのマッチョになるのよ」

「この子が……ゴリマッチョに……？」

アイラが精霊のことをジッと見つめている。

今の精霊が成長したらどんな感じになるのか、イメージしているのかもしれない。

僕は頭の上に乗っている精霊を手で掴《つか》んで、ジッと見つめてみた。

「みゃー」

猫みたいに鳴いているこの子が、将来ムキムキになるのか……全然想像がつかないけど、なんだかちょっと嫌かもしれない。

「ちなみに水精霊だと美人なねーちゃんになって、風精霊だと中性的な感じになるのよ」

「それなら土精霊ならどうなるんですか？」

「なんか丸っこい太っちょになることが多いのよな」

「ウッディ様には水精霊禁止令を出しておきます」

「なんでさっ⁉」

理不尽なアイラの言葉に思わず突っ込んでしまう。

「ただそれなら、火の多い場所に連れて行った方が喜ぶかもしれないのである。やはり精霊は、自分の属性の活発な場所を喜ぶのでな」

「出てくる場所と好きな場所は別になるんですね」

「恐らくは世界樹が地脈の魔力を吸い上げた影響であろうなぁ。普通であればあまり起こらないことではあるのだが……」

「ここだったら何が起きても不思議じゃあねぇのよ！」

近くに聖域があり、世界樹がガンガン生長しているこの場所はどうやら一種の特異点のようなものになっているらしく。

大量の魔力が集まるスポットになっているため、普通では起こらない超常現象が起きても不思議ではないらしい。

今、ウェンティってそんなことになってたの……？

なんにせよ、今後も精霊達が定期的に湧いてくるとなるとそれはそれで問題だ。

別に害はないらしいけど、このかわいいぽよぽよを追い出すのもなんだか気が引けるし……。

「基本的に精霊は気まぐれだが、人間に恵みを授けてくれることもあるのである。たとえば火精霊が居る場所は大火事になることはなかったりするし、水精霊が棲《す》み着く場所では水不足が起きづらかったりする。もっとも精霊の格なんかにも左右されるので、一概にこうとは言えないのであるが」

「なるほど……」

精霊が力を貸してくれるかどうかは気まぐれらしいけれど、その場にいるだけで恵みをもたらしてくれる存在らしい。

ちなみによこしまな人には見えないし、触ることもできないんだって。

なので小さい頃は精霊と遊んでいたという人も、大人になると見えなくなることも多いみたい。

「なんだかすごいやつなんだね、君って」

「にゃー！」

相変わらず猫みたいな鳴き声をさせながら、火の精霊がふよふよと宙に浮かぶ。

丸っこい毛玉はなんだか太っている猫のようにも見えて、ずっと見続けていると愛らしく思えてきた。

精霊は定位置となった僕の頭の上に乗っかって再度にゃーと鳴いた。

「もし土の精霊が出たら、ギネアに連れて来てくれると嬉しいのよ。その方が俺も精霊も嬉しいし、多分ドワーフ達も喜んでくれると思うから」

「ドワーフ達も、ですか？」

「精霊が棲み着いた鉱山には、魔力を多く含んだ鉄である魔鉄が産出するようになる。ドワーフは魔鉄弄《いじ》りが好きなのよ。あと皆基本的に子供っぽいから、精霊とも相性がいいのよな」

「ああ、それはなんとなくわかる気がします」

ホイールさんに言われて僕は、ドワーフ達の姿を思い出していた。

彼らは時折、遊びに夢中になっている子供のように目を光らせる瞬間がある。

あれは確かに、純粋で子供っぽいと言えるかもしれない。

——こうして僕達の村に、精霊さんがやってくるようになった。

精霊は現れ次第ダークエルフ達が保護し、彼らにとって住み良い場所へ移動させることになった。

最初は戸惑っていた村人の皆も精霊達の無邪気さにすぐに彼らのことを気に入り、ツリー村とギネア村では人と精霊が共存するようになっていく。


精霊騒ぎを解決してからしばらく。

かねてからの調整を終えて、僕は改めてランさんにお金を貸し付けることになった。

待ち合わせに指定した場所は、ツリー村にある僕の執務室。

ランさんの後ろには一応は護衛なのだろう、かつての部下である『白銀の翼』のヴァルさん・ガルダさん・テトさんの三人が控えていた。

「これが金貨十万枚ですか……」

「こうやって並べてみると、なかなか壮観ですね……」

今、僕とランさんの前にはこの時のために取り出した黄金が輝いている。

一つの木箱に、一万枚の金貨が詰められており、それが合わせて十箱。

合わせて十万枚もの数となると、なんというか……お金の魔力にとりつかれる人の気持ちも、少しだけわかる気がした。

「それじゃあ、お願いね。きちんと十万枚数えるように」

「りょ、了解っす！」

「なんで私達まで……」

「おら、数を数えんのはそんな得意でないんだけどなぁ……」

僕とランさんが見守っている中で、『白銀の翼』の三人が金貨を一枚一枚取り出しては確認していく。

どうやら僕に冒険者時代の話を漏らしたのがバレたらしいヴァルさんは、ランさんの言葉に黙って従うしかないようだった。

今回はかなりの額が動く取引だ。

親しき仲にも礼儀ありというやつで、金貨十万枚もの契約となれば流石になぁなぁにするわけにもいかない。

当然ながら中身がしっかり入っているかの検査も行う必要がある。

もちろん僕の方でも確認はしているけれど、万が一にも漏れがないようランさん側でも確認する必要があるからね。

まさか店員じゃなくて『白銀の翼』の皆さんにやらせるのは、流石に予想外だったけど……。

「そういえばウッディ様。実は先日付で、この三人の『白銀の翼』は解散してもらったんです」

「はぁ……ええっ⁉」

金の輝きに飲み込まれ生返事をしていたけれど、ランさんの言葉に突然意識が覚醒《かくせい》する。

『白銀の翼』、解散しちゃったんですか⁉

「うちも商売の規模を大きくしていくなら、そろそろ専属の護衛を雇わなくちゃって話になってね。それなら冒険者のままでギルドにマージンを抜かれるより、ヴァル達をそのまま商会の組合員にした方がいいかなって。ウッディ様の言う通り、なるべくウェンティの中で経済を回さなくちゃいけませんからね」

「冒険者じゃなくて商会の組合員になれば、もし大怪我《おおけが》を負ったりしてもそのまま食い上げになることもありませんしね。二人はちょっと微妙な顔してましたけど、私が納得させました」

金貨を数えるのに悪戦苦闘しているヴァルさんとガルダさんを尻目《しりめ》に、どこか手慣れた様子で数えているテトさんが胸を張る。

どうやら彼女は実家が小規模ながら店を営んでいたらしく、金勘定はお手の物なのだそうだ。

「俺的には、解散じゃなくて一時休止なんで！　腕が鈍《なま》らないよう、定期的に依頼は受けるつもりっすよ！」

山のように積まれた金貨を前に脂汗を流しているヴァルさんが、こちらを見ずにそう続ける。

「まぁ、冒険者稼業っつぅのもいつまで続けられるかわからん水もんの仕事だで。せっかくならここで腰を落ち着けるっつぅのも悪くないと思っただよ」

どうやらガルダさんも納得はしているようで、その大きな指で小さな金貨を十枚一束にしてしっかりと数えている。

でもそうか、『白銀の翼』が活動を一時休止……つまりはランさんも、それだけ真剣に取り組んでくれるってことだよね。

「ウェンティの品物を優先的に卸してくれさえすれば、どうとでもなります。私は金勘定はそこまで得意ではないですが、駆け引きならお手の物ですので……」

「商人としてはどうかと思うっすけどね」

ガルダさんのツッコミもどこ吹く風、ランさんは早速とばかりに王都で行う取引についての説明を行い始める。

やはり生ものは傷みも早く、その分輸送にもコストがかかる。

まず最初は、よく夜会やティーパーティーを開く貴族を優先的に狙い、貴族の中での知名度を上げていくという作戦を取るようだ。

ちなみに僕はランさんの『ウィング商会』と独占契約を結ぶつもりだったけど、それはやんわりと拒否された。

「物事の流れというのは完全にせき止めてはよどみが生じます。たとえ数は少なくとも、うち以外の商店にも卸すべきです」

話し合いの結果、王侯貴族が買うレベルの最高級品は『ウィング商会』で、そして日常生活を彩るような一般的な（それでも今までのフルーツとは比べものにならないけど）フルーツに関してはある程度流通に乗せることを決める。

『ウィング商会』が目をつけられて他の商会から潰《つぶ》されてしまわないためにも必要らしい。商人の世界というのも、なかなか厳しいみたいだ。

「合わせて高級フルーツの栽培場所も改めて選定する必要があるでしょうね。有名になれば、盗みに入るような不届き者が現れないとも限りませんので」

独占契約をしないのには、そういった犯罪的な行動を抑止する狙いもあるという。

大げさな……と思ったけれど、たしかに世界樹の実の場所はもっとしっかりと監視を置いておくべきかもしれない。

今はまだ一件も報告はないけど、大金というのは人をおかしくしてしまう。

僕はそれをこうして、目の当たりにしちゃっているわけだしね。

……あ、そうだ！

お金に目がくらんで（物理的に）忘れてた！

僕は今日のために作っておいたあるものを、ポケットの中から取りだした。

ドワーフ達のところに行ってちょちょいっと作ってもらったんだよね。

「ランさん、もしよければこれを使ってください」

「これは……？」

そのプレートには、僕が当主であるアダストリア家のものであることを示す、大樹とその上に乗る鳥の紋章が彫り込まれている。

「ランさんがアダストリア家にとって大切な人であることを示すプレートです。もし何かあった時に、相手が騎士や王国貴族あたりなら効果を発揮してくれるかと」

「……」

自分が僕の家の紐付《ひもつ》きと見られるのが嫌だからか、ランさんは微妙そうな顔をする。

その反応は想定済みだ。

実際に使うような事態にならない方がいいし、これはある種のお守りみたいなものだ。

そう言い含めると、ランさんも渋々受け取ってくれた。

「数え終わりました！　十万枚ぴったりあります！」

「当然ながら、偽金なんかもありませんでしたよ！」

思っていたより長く話し込んでしまっていたからか、気付けばヴァルさん達は金貨を数え終えていた。

「とりあえずこれを使って……『ウィング商会』を大きくしてみせますよ。お金があればあるだけ、できることが増えますからね」

ハイリスクだけどその分リターンも高い投資や、投機性の高い品物など、お金に余裕がなければ手を出せないものも沢山ある。

これだけあれば、そういった挑戦も今より更に積極的に行うことができるようになるだろう。

ドワーフ達のおかげで鉄鋼業も順調だし、これからマグロス火山ダンジョンで経済の波にもう一山が来るのも既にわかっている。

十万枚もの金貨を使えばウェンティ全域にしっかりと根を張り地域に根ざした商売をして、手堅く足下を固めることだってできるはずだ。

「前々から一度、商人としてどこまでやっていけるか試してみたいとは思ってたのよね。やっぱり元冒険者なだけあって、自分は競争するのが好きみたいで」

ランさんはガルダさん達に木箱に持たせてから、くるりとこちらに振り返る。

「お任せください、十万枚くらいすぐに返してみせます。きっちり利子もつけてね」

それだけ言うと彼女は出て行った。

その颯爽《さっそう》とした背中は思わずほれぼれしてしまうほどに格好いい。

彼女は今日もまた、彼女の戦場へと向かうのだろう……。


僕は定期的に、ギネア村へとやってくるようにしている。

ドワーフ達が溶け込むことができているか、そして前から話題に上がっていた金属加工業の方はどうなっているか。

この二つを確認するためだ。

というわけで今日もまたギネア村へとやってくる僕だけど、今回はいつもとは違うゲストも連れて来ている。

それは……。

「みゃー」

僕の頭の上に乗っかっている、黄色いほわほわである。

色からもわかるとは思うけど、最初に出てきたものとはまた別の、土属性の小精霊だ。

そういえばあの赤い小精霊は、マグロス火山の聖域化を請け負ってくれたフェムさん預かりということになった。

「うちの子達が大人になって巣立ってから長いですから……この子は私がしっかりと一人前に育て上げてみせましょう」

なぜかそう言って自信ありげに胸を張るフェムさん。

どうやら精霊と神獣は相性がいいようで、毛玉はフェムさんの上で楽しそうに目を細めながら、にゃーと鳴いていた。

僕はあの子がゴリマッチョになるのかどうか、それが結構気になっている。

「にゃにゃっ！」

「ちょ、ちょっとっ⁉」

なぜか不機嫌になった精霊に、頭の上でジタバタされる。

もしかして……別の精霊のことを考えたからかな？

ひょっとすると精霊って、結構嫉妬《しっと》しいなのかもしれない。

精霊と格闘しているうちに、ドワーフ達に居を構えてもらっている地区へとやってきた。鉱山に近い場所なので、カンカンという採掘の音が聞こえてくる。

既に金物屋や武器・防具屋などもできており、槌《つち》を打つ音も聞こえてきていた。

全部の音が混じり合った結果、ものすごくうるさい。

他の人達と区画を分けておいて良かった……危うく騒音問題になるところだったよ。

「おおウッディ様、息災でしたか！」

「ビスさん、お久しぶりです」

「ほらほら、駆けつけ一杯」

「すみません、今は仕事中でして……」

どこからか酒瓶を取り出してきたビスさんの誘いをやんわりと断りながら、ギネア村のドワーフ達の様子を聞いていく。

「今のところシダの倅《せがれ》のところの鉄鉱山は順調です。耐火レンガを使った高炉のおかげで生産量も順調に伸びております」

彼らの様子を聞くということは、すなわちその金属加工業についての話を聞くことでもある。

ドワーフ達が職人ばかりというのは、本当に事実だった。

驚くべきことに、男手のうちの九割近くが金属関連の業種への就労を志望したのだ。

それだけ沢山の人が入ってきたことで、ギネアの鉄のだぶつきは一瞬のうちに解消されてしまった。

それどころか鉄の採掘が追いつかなくなり、鉄を更に掘り出すためにドワーフ達が腕まくりをするという本末転倒のような状況になっている。

彼らは加工だけではなく、採掘技術にも優れていた。

先祖から綿々と受け継がれてきた技術はもはや魔法の領域であり、彼らはギネアにいた掘削業者が匙《さじ》を投げた危険地帯や、これ以上鉄が採れないと廃棄された廃坑からも、見事に鉄鉱石を取り出してみせた。

そして新たに生まれた鉄はだぶつくことなく、ドワーフ達の手によって新たな加工物へと生まれ変わっている。

「そういえばミジィのところの武器屋がずいぶんと調子がいいようです。なんでも冒険者の中に元騎士の人間がいたらしくて。その人間の口コミで騎士団相手の商売なんかもできることになったらしい」

「ドワーフの皆さんって、思ってたより商売上手ですよね」

「なぁに、どれもこれも酒の席での話が盛り上がったから受けてるに過ぎませんよ」

僕はドワーフの店と言われると、どうしても偏屈なおじいさんが経営する一見《いちげん》さんお断りという感じで、儲《もう》けを度外視した経営をしているようなイメージがあった。

けれどそんなイメージとはまったくの逆で、ドワーフ達のやっている店の調子はどこもいい。

彼らはコミュニケーションツールとして酒を使う。

そのため酒が飲める相手であれば誰とでも仲良くなることができ、酒の席から色々な仕事を取ってくるのだ。

もちろん酒による弊害もあるようで、店で色々と問題を起こしたり、本来なら取れたはずの仕事が流れたりすることもあるようだけど……今のところはおおむね、上手い具合に店が回っているようだ。

もっとも、ドワーフ達が台頭してきたせいで、今まで細工屋をしていた人達なんかは煽《あお》りを受けているらしいけど……彼らに対してもドワーフは技術を隠そうとしない。

それを見て負けてなるものかと奮起したり、彼らの領域には届かないと諦《あきら》めて別の仕事を探したりと、反応は様々。

けれどドワーフ達のおかげで技術交流が盛んになり、ギネアの金属関連領域の産業は急激に発展しつつあるのは、疑いようのないことだった。

「マグロス火山のおかげで、武器がよう売れますよ。俺達からすれば苦い思い出のある場所ですが……まさかあそこの恩恵を得るようになるとは思わなんだ」

ここしばらくの間で、冒険者ギルドの方で大きな動きがあった。

今まであれほど重たかった腰をささっと動かし、高ランクの冒険者を使いマグロス火山の正式な調査に乗り出したのだ！

そしてその結果、冒険者ギルドマグロス火山支部（仮）が設立されることが正式に決定した。

といっても、動き出しはそこまで早いわけではない。なにせマグロス火山が本当にお金になるかがわからないからね。

当面の間は、マグロス火山のダンジョン関連の依頼の処理を行うために臨時で職員を派遣し、出張所のような形式で動いていくらしい。

「どうやらギネアでは勝ち目がないと思った人間の鍛冶《かじ》師達が、かなりの割合でマグロス村への移住を希望しているようです」

「そこはむしろいいことでしょう。俺達はもうあちらに戻るつもりはないから、あちらにいる冒険者達が助かるはずです。魔物の素材を加工した武器・防具はあっちで、金属加工製品はこっちでする形にすれば、上手いこと棲《す》み分《わ》けだってできる」

あそこは現在フェムさん主導で村作りが始められたばかりで、まだ正式な名前も決まっていない（マグロス村というのは暫定的な名前だ。ちなみにフェムさんは、この名付けに猛烈に反対している）。

毎日様子を確認しているので、その発展具合は僕もしっかりと把握しているけど、あそこが本格的に聖域になり、村として動き出すためにはまだまだ時間がかかる。

まだ住む人を誘致する段階にないため、今はめざとくやってきている冒険者達にハウスツリーを有償で貸している段階だしね。

ランさん達が大量に物資を運んでいるらしいし、めざとい商人や冒険者は既に動き出しているから、今後どんどん発展していくことにはなるんだろうけど。

「ヴィル達は元気にしてますか？」

「はい、ナージャやミリアさん達にしごかれながらも、なんとか食らいついているみたいですよ」

「ははっ、そうかそうか」

九割が鉄鋼業にという話だけれど、残る一割は兵役希望ということで、サンドストームに入ってもらっている。

うちのサンドストームはそんなに給料がいいわけではない。

まともに経済が動くようになってきた最近までほぼ現物支給だったくらいだし。

けれど不思議なことに、この隊に入隊したいという希望者は後を絶たない。

領主が給金を支払うおかげで、支払いが滞ることがないというのが大きいみたいだ。

未《いま》だにウェンティで広まり続けている風樹《ふうじゅ》教のせいもあるらしいけど……その影響については、ちょっと考えたくないな。

その後も何か変化はないか、嫌な目に遭っていないかなどヒアリングを続けていく。

どうやらドワーフは男性が働いて女性は家事と子供の面倒を見るというスタイルらしいが、男達と変わらぬ様子で働いているギネアの女性達を見て、ドワーフの女性達も何かできることはないかと言い出しているらしい。

その手先の器用さを活《い》かし、編み物や木製の小物なんかを作る内職をし始めているという。

今日の仕事は終わりだと言って一人で酒を飲みながら上機嫌になっていくビスさんだったが、僕はこの後もやらなくちゃいけないことがあるので遠慮させてもらう。

「そういえばウッディ様、ずっと気になっていたんですが……その頭に乗っているふわふわはなんなのですか？」

「あれ、そういえば説明してませんでしたっけ？」

「にゃー」

「鳴き声は猫に似ているんだな……」

どうやらビスさんも僕と同じところが気になったようで、なんだかシンパシーだ。

「この子は土の精霊です」

「つ、土精霊様だとッ⁉」

飛び上がりながら目を見開くビスさん。

そ、そんなに驚くようなことなの？

その勢いに、頭に乗っている精霊もびっくりしてふしゃーっと鳴いている。

やっぱり、威嚇の声もなんだか猫っぽい。

失礼、と喉《のど》を鳴らしたビスさんが、落ち着いてから説明をしてくれる。

「ドワーフにとって、土精霊様というのは特別な存在でして。大地の恵みを顕現させた神の御使いだという風に言われておるのです。一度棲み着いてくれたのなら、離れぬように中の環境をなるべく整えなければならないと厳命されるほどに」

「そういう話がでてきてるってことは、結構ありふれた存在だったりするんですかね？」

「いや、少なくとも俺が生きている間はこれまで見たことはなかったです。話に聞いたことがあるのも、語り部を務めていた爺《じい》様からくらいです」

廃坑を蘇《よみがえ》らせ、金属に魔力を染みこませる働きをするという土精霊。

ドワーフ達からするとかなりありがたい存在らしく、ビスさんは完全に酔いが覚めて素面《しらふ》に戻っていた。

「そういえばここに来てからやっぱり元気だよね」

「みゃっ！」

精霊が環境によって機嫌や状態が変わるというのは本当なようで、ギネア村に来てからの土精霊は明らかに元気になっていた。

この様子なら、鉱山なんかに棲んだらもっと元気になるんだろうか？

「やっぱり鉱山とかに棲んだ方がいい？」

「にゃーん」

どうやら肯定しているらしい。

土精霊の意識は、まだ見えていないはずの遠方の鉱山に向いていた。

あっちに鉱山があるって勘付いてるんだろうな、多分。

「もし良ければ、この子が棲む場所を確保できたりしますか？」

「い、いいのですかっ⁉　土精霊様をギネアに招き入れるということで合ってますよね⁉」

ものすごい剣幕のビスさん。

言葉の勢いがすごすぎて、顔に唾《つば》が飛んでくる。

「失礼します」

「ん、ありがと」

後ろで控えていたアイラにさっと顔を拭《ふ》いてもらい、気を取り直す。

どうぞ、とビスさんの手の上に精霊を乗せる。

「みゃー」

精霊はぐでーっとビスさんの手の上で横になる。

身体がやわらかいからか、溶けてしまったみたいに見える。

「み……すぅ、すぅ……」

そしてゴツゴツしたビスさんの手の上の感触がよほど気持ちよかったのか、そのまま眠ってしまった。

ビスさんの指先って岩みたいにガチガチなんだけど、やっぱり土精霊だから硬いのが好きってことなのかな？

「ど、どうぞー……（小声）」

「う、うむ。後はこちらに任せてほしい。決して悪いようにはしません（小声）」

元ががなりたてるような大声なので、ビスさんは小声も普通に大きかった。

一応彼なりに気をつけながら、そーっと精霊を運んでいく。

僕はその後ろ姿を見て、うんと一つ頷《うなず》く。

あの感じなら、ホイールさんが言っていたようにギネア村では精霊は大切に扱われるみたいだ。

当初の予定通り、土精霊はここに棲ませてあげるのがいいだろう。

火精霊はマグロス火山でいいとして……これで後は二つ。

風精霊と水精霊はどこにするのがいいかな？

「風がいっぱいあるところ……ってなると、やっぱりシムルグさんのところかな？」

「でしょうね。ですがシムルグ様はどちらかと言えば一人が好きな方ですので……」

「うーん、それもそうか」

現在はシムルグさんの要望で、あそこにはウィンドマスカット以外にも色々なエレメントフルーツ（主に風属性）の樹《き》を置いている。

風属性が好きなら、あそこなら居心地はいいだろうけど……精霊はにゃーにゃーうるさいし、シムルグさんの気が休まらないか。

それにギネアで受け入れることができる精霊にも限界はあるだろうし……あっ、そうだ！

「それならこの際、属性別にエレメントフルーツのなる樹を分けて、それぞれ独立させた果樹園にするっていうのはどうかな？」

僕はそのアイデアを実行すべく、早速動き出すことにするのだった。

◇◇◇

というわけで早速、ツリー村に属性ごとの果樹園を作ってみることにした。

場所はシムルグさんの暮らしている森の手前。

村と森の間に広がっていたスペースを充てることにする。

「エレメントツリーが置いてある森だし、安直だけどエレメントフォレストでいいんじゃないか？」

そんなナージャの提案を採用する形で、名前はエレメントフォレストに決定する。

今後のことを考えて、ギネア村にも小規模ながら同じ森を作っておくことにしよう。あっちの世界樹が大きくなったら、多分精霊が出ることになるだろうからね。

せっかく気合いを入れて作るんだから、精霊の保護だけを目的にするのももったいない。

なのでここを普通の樹だけじゃなくて、エレメント系の樹木を僕の手から離れたところで管理するための実験場にすることにした。

試行錯誤しながら、最終的には僕の手助けなしでエレメントフルーツの収穫や保存ができるようになるのが理想かな。

今までは僕やシムルグさんが管理していたけど、いつまでもシムルグさんに迷惑をかけるのもあれだし、そろそろ僕達の手から離れてもいい頃が来たかもしれない。

誰かに管理を任せてみることにした。

樹木と言えばやっぱりエルフ達になるけれど、彼らには普通の樹木の管理をお願いしてしまっている。

ウテナさんと話をして、ここ最近ちょこちょことやってきているエルフ達に任せようかということになったんだけど、それだと人数が足りない。

そこで僕達は、一計を案じることにした。

——エルフとダークエルフに、共同で管理をしてもらうことにしたのだ。

「うーん、本当に大丈夫なんでしょうか……？」

そういって首を傾《かし》げているのは、ツリー村で植林を担当してもらっているウテナさんだ。

エレメントフォレストの設置とその維持にあたっては、植林担当である彼女とその部下のエルフ達にも力を貸してもらう。

今回の一件も、責任者はウテナさんにやってもらう予定だ。

「多分大丈夫だと思いますよ。かわいいものが嫌いな人はいませんからね」

「そういうものでしょうか……？　まあたしかにどちらもかわいいとは思いますけど」

向かっている待ち合わせ場所は、エルフ達に与えられているハウスツリーにほど近い場所。僕らはここで、ツリー村で仕事を探していたエルフとダークエルフを引き合わせるつもりなのだ。

ドワーフ達同様、エルフとダークエルフも精霊に対する信仰心は持ち合わせている。

であれば精霊達を住まわせることになるこの場所の管理の適任は、彼らをおいて他にない。

エルフだけだと人数が足りない。

そしてダークエルフの中でも兵士希望以外のダークエルフ達の中には、まだ仕事に就いていないダークエルフも何人かいる。

諸々《もろもろ》の問題を解決するためには、なかなかにいい手なのだ。

……上手くいくかどうかは、やってみないとわからないけれど。


やってくるとそこには距離を取っている二つの影があった。

エルフの方はウテナさんが、ダークエルフの方は僕が担当して、顔合わせを行わせる。

「なんで俺がダークエルフと……これじゃあ話が……（ぶつぶつ）」

そういって不服そうな顔をしているのは、エルフのギーグさん。

「何か言ったかしら、ギーグ？」

「い、いえっ、なんでもございません！　ギーグと申します、よろしくお願いします！」

ビビの里のエルフの中ではウテナさんはかなり高位の存在らしく、ギーグさんはかなり緊張した様子だ。

彼女の面前では、流石に反論もできないらしい。

「よ、よろしくお願いします」

そして恐る恐るエルフのことを伏し目がちにちらちらと見ているのは、ダークエルフのジュナさんだ。

彼女の方は礼儀正しく、ぺこりと頭を下げている。

「それじゃあ行きましょうか。ここからさほど距離もありませんので、問題はありませんよ」

今後のモデルケースとなることを考えて、説明は僕とウテナさんが共同で行っていく。

エレメントフォレストに入ると、まず最初にやってくるのはむわっとした熱気だ。

「うっ、暑いな……」

「砂漠より少しマシくらいですか……」

まず一番手前にあるのは、ファイアツリーと交配して作った各種火属性のツリーが立ち並んでいるファイアフォレストだ。

燃えさかる樹々が大量に並んでいるために、とても暑い。

ファイアフォレストの中を歩いているだけで、だらだらと汗が流れてくる。

熱気になれていないエルフのギーグさんはきつそうで、砂漠で長いこと生活してきたダークエルフのジュナさんはまだかなり余裕がありそうだった。

「ウッディ様、どうぞ」

「ありがとう」

汗を流している僕を見かねてアイラが冷えタオルを作ってくれた。

顔を拭《ぬぐ》ってひんやりとした感覚を味わいながら、一つ一つ樹の説明をしていく。

――ちなみに、軍事利用が可能な爆発物のファイアマロンと、散弾として使えるファイアムルベリーだけはここにはない。

危険で人の手に渡ると悪用されそうなものは、流石に人目につかないところでひっそりと育てている。

「ほっ、一気に問題なくなりましたね……」

燃えさかるファイアフォレストを抜けると、次は水属性のエレメントフルーツの樹が大量にあるウォーターフォレストにやってくる。

足下は水たまりだらけで、湿度が非常に高い。

さっきの暑さの反動で気持ちよさが勝っているけど、いきなりここに来たらジメッとしていて嫌な気持ちになっちゃいそうだ。

その先にどんどんと土のかさが増して少しずつ高度が上がっているアースフォレストがあり、そこを抜けると強烈な風が吹き付けているウィンドフォレストへとやってくる。

「なんという不可思議な樹の数々……木の管理なら余裕だと思っていましたが、少し自信がなくなってきました……」

はぁ、と大きなため息を吐《つ》いているギーグさんの足下に、てくてくと一匹の豚がやってくる。

「ぶぅ」

頑張って、という感じで足をスリスリさせているのは、ウィンドピッグだ。

人見知りを発動して出てこなかったようだけど、当然ながら他のフォレストにも樹木守護獣は配置している。

ちなみに数は少ないけど、精霊も存在している。

今のところこうして見ているだけでは気付かなかったけどね。

樹木の管理を全て人力で行うのは難しいだろうということで、できる部分は彼ら樹木守護獣にやってもらうことにしているのだ。

樹木守護獣はウッドゴーレムと比べるとかなり知能も高いので、盗人《ぬすっと》や悪巧みをしてこの木を持ち帰ろうとするやつらの監視程度の業務なら任せることができるからね。

「豚さんかわいい……」

ジュナさんの方はそこまでダメージは受けていないようで、ウィンドピッグをきらきらとした目で見つめている。

元気な様子のジュナさんを見て、負けてなるものかとギーグさんが奮起している。

その様子を見て、よくやったという感じでウィンドピッグが周囲に風を吹かせていた。

「というわけで、これがエレメントフォレストの全貌《ぜんぼう》になります」

「間を隔ててあちら側が神鳥《しんちょう》シムルグ様のおわす森になりますので、ここから先は立ち入り厳禁ですわ」

そう言ってウテナさんが指し示す先には、シムルグさんの住んでいる森林がある。

今回の森作りで改めて区画整理をしたので、周囲より一段高く目立つ位置に作らせてもらっている。

周囲には警護のための樹木守護獣も配置しているし、滅多なことでは人が入ることはないはずだ。

「精霊さんも居ましたねぇ」

ジュナさんがおっとりした様子でそう告げると、ギーグさんが驚いた顔をする。

「せ、精霊までいるのかっ⁉」

「はい、私達は何度か見て慣れているので驚きませんけど、最初は色々とびっくりしますよねぇ」

既にツリー村での生活に慣れているジュナさんが、ツリー村に来たばかりで色々と慣れていないギーグさんを引っ張っていくスタイルのようだ。

最初はダークエルフと一緒になど……とぶつぶつ言っていたギーグさんも、エレメントフォレストや樹木守護獣を見ているうちに細かいことはどうでもよくなったのか、ジュナさんと普通に打ち解けていた。

「うぅむ、色々と大変そうだが……よろしく頼む、ジュナ殿」

「こちらこそよろしくお願いします、ギーグさん」

二人が握手を交わす。

まだ完全に気を許すことができているわけではないだろうけど、どうやらギーグさんの方にもちゃんと歩み寄るつもりがあるようだ。

「あ、そうだ。ウテナさん、いきなりなんだけどエレメントフォレストに何本か木を植えてもいいかな？」

今日は初顔合わせということでジュナさん達に解散してもらってから、やろうとしていたことを思い出す。

「えっと……それはもちろん、構いません。幸い聖域にはまだまだ余裕があるそうですし、木が増える分には問題ありませんので」

許可も出たので、お言葉に甘えて木を植えていくことにした。

最近新しくハウスツリーを植えたりしたおかげで植樹も進み、ようやく植樹レベルが上がりそうだったからね。

ここでキリがいいところまで上げてしまいたかったんだ。

植樹レベル　10
植樹数　１２００７／１６００
笑顔ポイント　２００３２（4消費につき一本）
スキル　植木鉢　交配　自動収穫　収穫袋　樹木配置（改）　樹木間集団転移　樹木守護獣

こんな感じであと約四百本で良かったんだけど、なんやかんやで後回しにしちゃってたからね。

ウッドゴーレムを植えて収穫袋に入れていけばレベル上げ自体はできるんだけど、大量に死蔵するのももったいない気がしちゃってさ。

せっかくなら領民に役立つ使い方をしたいと思っていたので、このエレメントフォレストは正に渡りに舟。

ズドドドッと、勢いよく木を植えていくことにした。

なるべく景観を損なわないように、バランス良くね。

とりあえず少しウォーターツリーが少なかった感じがしたので、気持ち多めに植えておく。

「みゃー」

植えている最中、精霊も見ることができた。

どうやら自分と同じ属性の樹々に囲まれているのは悪い気分じゃないようで、テンションも前に見た時よりも高い感じがする。

精霊のうちの何体かは、やっぱり僕の頭の上に乗ってきた。

僕の頭って、精霊にとってのパワースポットか何かなのかな……？

【植樹量が一定量に達しました。レベルアップ！　植樹が可能な新たな樹木が解放されます！　樹木改良のスキルを獲得しました！　収穫袋が収穫袋（改）へと変化しました！】

そんなことを考えているうちに、植樹レベルが上がった。

ポイント的にはもう一つレベルを上げることもできるけど、流石にここから三千本以上の樹を植えるのは骨なので今回はここまでだ。

新たな樹木が解放されたのは嬉《うれ》しいね。

それに……樹木改良？

もしかしたらこれって……僕がずっと求めていたスキルかもしれない。

第六章

レベルが上がったところでウテナさんと別れ、ナージャに会いに行くことにする。

とりあえず新しく植えられるようになった樹《き》は果樹みたいだから。

皆でおいしく、フルーツを食べることにしよう。


というわけで、ダークエルフやドワーフ達の新兵をしごいていたナージャを呼び出した。

「ごめんね、忙しくなかった？」

「いや、別に問題はないぞ。ウッディの呼びかけに応えないなんて選択肢はハナからないし、それに新兵的には私がいない方が色々とやりやすいだろうしな」

「ああ、ナージャってとっつきづらいですもんね」

「——とっつきづらいだと⁉　どういう意味だっ⁉」

「初めて会った時の第一印象が悪いということです」

「言葉の意味を聞いているんじゃない！」

「だってそうじゃないですか。男装の麗人でおまけにウッディ様の婚約者。態度はデカいのに胸は小さい。あ、とっつきづらいがダブルミーニングになってましたね（爆笑）」

「——決闘だ！　流石《さすが》の私も我慢ならんっ！」

悪鬼の形相をするナージャをなんとかして押しとどめると、それを見てアイラが楽しそうに笑っている。

ナージャの方は至って真剣なので、このままだと本当に喧嘩《けんか》が始まってしまいそうだ。

「ちょっと二人とも、これ以上喧嘩するならフルーツなしだよ！」

「ナージャ、私達って今喧嘩してましたっけ？」

「いぃやぁ？　私達は前世の頃からの親友同士だが？」

僕がそう言った瞬間、二人はニコニコと笑って肩を組んでいた。

ナージャの額には青筋が立っているが、それを指摘するのは野暮というものだろう。

「それならとりあえず、新しい樹を植えるね」

領主邸にほど近いこの場所なら、人目についても持って行かれるようなこともないだろうと、『植樹』を発動させる。

【植える樹木を選んで下さい】
世界樹（果樹タイプ／非果樹タイプ）
モモの樹
リンゴの樹
梨の樹
桑の樹
柿の樹

栗《くり》の樹
ブドウの樹
ビワの樹
マンゴーの樹
ウメの樹
ミカンの樹
ハウスツリー
ライトツリー
ファイアツリー
ウォーターツリー
ウィンドツリー
アースツリー
ホーリーツリー
ダークツリー
ウッドゴーレム

新しく増えた樹木は、ウメとミカンの二つだ。
ミカンの方は知っている。
ミカンを細分化した時のオレンジって名前の方が有名かもしれない。

王国でも一部の地域で採れる、楕円形《だえん》の果物だ。

なんでも地域によってかなり大きさや甘さが変わるらしいけど、僕のいたコンラート領にやってくるのはかなり酸っぱいものばかりだった。

果汁を搾ってから大量の砂糖と合わせてジュースにして飲んだりするのが一般的な使い方だったはずだ。

ウメに関しては……まったく知識がない。

とりあえず二つとも植えてみることにした。

「これは……なんだかあまり嗅《か》いだことのない香りがするな（くんくん）」

ウメの樹は、植樹をした瞬間から独特の匂いが漂ってきた。

なんだか少し甘いような香りだ。

これは果物にも期待していいってことなのかな？

「でもミカンが採れるようになったのは大きいね。柑橘類《かんきつるい》は早くほしいと思ってたんだ」

「たしかに甘ければそのまま出荷できますし、酸っぱくても調味料としても使えます。恐らくは前者になるでしょうが……ウッディ様の交配を使えば、酸っぱいものもすぐ作れるようになるでしょうね」

「あ、それなんだけどさ、実は……」

僕は二人に、新たに樹木改良のスキルを手に入れたことを伝える。

二人とも僕と一緒に色々と苦労してきていたため、僕と同じ温度感で喜んでくれた。

「すごいじゃないかウッディ！　これであの味見地獄からおさらばできるぞ！」

「私はあの時間も嫌いじゃなかったですけど……おめでとうございます、ウッディ様。これでまた、最高のフルーツに一歩近付くことができましたね」

現状、僕はフルーツの改良を完全に交配スキルに頼っていた。

この方が手っ取り早いし、何よりいちいち受粉させたり株を合わせたりして品種改良できるような人達もいなかったからね。

交配スキルはたしかに有用だ。

けど使用にも笑顔ポイントを使うし、あといちいち組み合わせを忘れないようにメモを取っておかなくちゃいけないから面倒なんだよね。

たとえば、こないだハウスツリーを作った時なんかも大変だった。

フェムさんに頼まれ、マグロス火山に冒険者用の宿泊所を仮設した時のことだ。

フェムさんはかなり細かいところにこだわるタイプだったので、しっかりと居住地域をいくつかの区画に分け、地域ごとに一つ一つの家に高さはこれくらい、大きさはこれくらいで中にある家具はこういう感じでという詳細な指定を出してきた。

僕はこれに応えるために、必死になって今まで作ってきたハウスツリーのデータをまとめている資料とにらめっこをしなければならなかったのだ。

中には交配した樹を更に交配して作るようなものもあったから、植樹の作業自体よりハウスツリーを選ぶ作業の方がよっぽど疲れたほどだ。

何と掛け合わせたらどうなるかというのは、既に樹木の種類が大量に増えている今だといちいち覚えていられない。

だから交配による微調整をするのは疲れる仕事のうちの一つだった。

けれど今日からは違う。

今日からはこの樹木改良でメモ地獄から解放される……はずだよね？

「樹木改良っと」

僕は期待に胸を膨らませながら、新たなスキルを発動させることにする。

【改良する樹木を選んでください】
モモの樹
リンゴの樹
梨の樹
桑の樹
柿の樹
栗の樹
ブドウの樹
ビワの樹
マンゴーの樹
ウメの樹
ミカンの樹
ハウスツリー

ライトツリー
ファイアツリー
ウォーターツリー
ウィンドツリー
アースツリー
ホーリーツリー
ダークツリー
ウッドゴーレム

出てくる樹木一覧。

よく見ると世界樹だけがないことに気付く。

つまりこのスキルは、世界樹以外の樹を改良することができるってことか。

それならとりあえず、先ほど手に入れたばかりのミカンの樹を選ぶことにした。

ミカンの樹の文字に触れると、光の板が突如としてぶわっと大きく横に広がる。

「うわっ⁉」

「「大丈夫（です）か、ウッディ（様）⁉」」

僕を心配する二人に大丈夫と軽く笑いかけてから、再度光の板を眺めてみる。

するとそこには、いくつもの項目が並んでいる。

【改良する項目を選んでください】
甘さ　0
酸っぱさ　0
生長速度（樹木）　0
生長速度（果実）　0
耐性　0
合計　0／20

「これが改良できる項目か……」

甘さや酸っぱさといった味は変えられると予想していたけど、どうやら大きさや生長速度も変えることができるみたいだ。

たしかに大きくなりすぎても困るしね。

あ、なるほど。もしかして世界樹はこんな風に色々と弄《いじ》ることができないから選択できないってことなのか。

「これってどうやって進めれば……ん？」

よく見ると各項目の横に、小さな矢印のようなものがついている。

試しに甘さのところにある矢印が上を向いている方を押してみると、甘さの数値がぴこんっという音と共に1に変化した。

なるほど、こうやってやればいいのか。

とりあえずミカンはかなり酸っぱい果実だと記憶しているため、数値は甘さに振っていくことにする。

するとと甘さを10まで上げたところでマークが灰色になり、これ以上数値を振ることができなくなった。

他の項目についても同様。

一つの項目について上げることができる最大値は10で、この五つの項目を合わせて20以内に収めれば問題ないらしい。

少し迷ったけど、最初の樹はこういう感じで作ることにした。

【改良する項目を選んでください】
甘さ　10
酸っぱさ　2
生長速度（樹木）　2
生長速度（果実）　5
耐性　1
合計　20／20

下にある決定ボタンを押すと、そのまま見慣れた植樹する場所の選択に移った。

植樹する場所を選ぶとパッと光が差し、次の瞬間には僕が指定した場所に樹が生まれるのだった。

「これは……なんだかずいぶんとちっちゃいな」

「ミニチュアサイズというほどでもありませんが……植えたばかりの世界樹くらいの大きさでしょうか?」

ナージャとアイラが見下ろしているミカンの樹は、少し向こう側に植えられているミカンの樹と比べると、たしかに大人と子供くらいの差があった。

これは……生長速度(樹木)を低くした結果なのかな?

となると本来改良していない樹木は、もう少しこの数値が高かったのかもしれない。

【樹木パターンを記憶しますか?】

「うん、お願い」

【了解、以後こちらのミカンの樹をミカンの樹(1)と呼称します】

そんな変哲もない覚え方だと僕は覚えきれないいんだけど、どうやらそこは『植樹』のスキルが補ってくれるようだ。

そんなに記憶力がいい方ではないから、本当にありがたい。

あれ、でもそれだと……僕がハウスツリーを作る時にも、細かい配合とかを覚えてくれていれば良かったんじゃないの?

【………】

僕の内心の問いに、スキルは何も言わずただ黙ったままだった。

この『植樹』のスキルも、使えば使うほどよく意味がわからないんだよね。

まるで人間みたいに受け答えしてくれる時もあれば、何を言われてもだんまりを決め込む時もある。

力を貸してくれたりする時もあれば、やってほしいと思ったことに対して何もしてくれなかったりもするし。

多分だけど配合を繰り返して細かいことを覚えるのは僕の領分で、スキルの樹木改良で樹木をカウントするのがスキルの範囲内だからだとは思うんだけど。

スキルだからか、色々と融通が利かないいんだよねぇ……っと、今はそれはどうでもいっか。

試しに甘さと生長速度（樹木）の値を1ずつ入れ替えて、何パターンか樹を植えていくことにした。

すると生長速度（樹木）が4になったところで、向こう側のミカンの樹と同じ大きさになった。

となるとここである仮定が成り立つ。

もしかするとこの樹木改良は……本来樹木が持ってるポテンシャルを数値化して、改めて振り直すことができる力なんじゃないだろうか？

何もせずに植樹を行うと全ての数値が4の樹木が植えられるのかもしれない。

試しにミカンの樹の全ての数値を4にして、ミカンの樹を一番最初に植えたミカンの樹の隣に植えてみる。

するとまったく同じ大きさの瓜二《うりふた》つの樹が現れた。

笑顔ポイントを見ると、20ほど減っている。

なるほど、このスキルを使うと一本につき20か……それならさほど気にせずに出していけるかな。

最近では笑顔ポイントにずいぶんと余裕も出てきたしね。

最初の時とはえらい違いだ。

必死にアイラを笑わせようと頑張っていた当初の思い出を振り返りながら待っていると、最初に植えた樹よりも早く改良したミカンの樹（1）の方がオレンジ色に変わった、十分な大きさの実をつけた。

こちらは生長速度（果実）の数値を5にしている。

僕は自分の予想への確信をますます強めながら、実を一つもいでみることにした。

「よし、それなら早速食べてみよっか」

「カット致します」

アイラがどこからか取り出した果物ナイフを使い、ミカンの皮を綺麗《きれい》に剝《む》いた。

皮が薄く、中にはぎっしりと実が詰まっている。

僕が食べたことがあるミカンより、実の色は濃いオレンジだった。

「「「いただきまーす……あむっ」」」

三人で一緒に、ミカンを口の中に入れる。

すると……ぷつりとミカンの皮を嚙《か》み千切った瞬間内側の果肉が弾《はじ》け、口の中にみずみずしい果汁が広がった。

「あ、甘いっ！　ちょっと歯がキシキシするくらい甘い！」

美味《おい》しい……んだけど、美味しいを通り越して、ちょっと不安が勝つ。

それほどまでの暴力的な甘さだ。

今まで食べた果物だとマンゴーが一番ねっとりと甘かったけど、このミカンはあれ以上だ。

樹木改良で弄ると、ここまで甘い実が作れるのか……。

酸っぱさ2にしているから普通に美味しく食べられるけど、少しの酸味もなかったら甘ったるすぎて一切れで十分になっちゃいそうだ。

「なんだこのミカンは……オレンジなら伯爵領でも採れるが、とてもじゃないが比べものにならんな……」

「美味しいですねウッディ様、これをジュースにしたらとんでもなく甘いのが作れそうです」

ナージャもアイラも驚きながらミカンを食べている。

アイラは大の甘党なのでパクパクと食べているが、そこまで甘い物が得意なわけではないナージャの食べるペースはいつもより遅かった。

たしかにここまで来ると、人を選ぶレベルの甘さだよね。

でも、これをジュースに……か。

「これだけ甘いなら……もしかしたらあれが作れるかもしれない」

「あれとはなんなのだ、ウッディ？」

「それは……」

「濃縮ジュースとシロップ……ですよね、ウッディ様？」

「う、うん、そうだよ」

「私は今、ウッディに聞いたんだ！」

ウェンティのフルーツは甘いけれど、生の果物は傷みが早い。

もちろんここ最近はドライフルーツも改良して十分美味しいと言えるレベルになったけど、やっぱり生の果物を使ったものを食べてもらった方がわかりやすい。

この美味しさを遠隔地に伝えようと、ジュースの方でも色々とできることはないかと試している。

そのうちの一つが、濃縮ジュースだ。

これは簡単に言えば、絞ったジュースを煮詰めて作った普通より濃いジュースのことだ。

たとえば二倍の濃さのジュースを、本来の二倍の値段で売れるものだとしよう。

運搬する時に濃縮ジュースなら半分の重さで済むため、倍運んでもらうことができる。

つまり純粋に、利益が二倍になるのだ。

もちろんこれは簡略化した話をしているので、実際はこんな簡単じゃないよ。

なんにせよ、砂漠と各領地を行き来する時のネックはやはり運搬の難易度だ。

濃縮ジュースはその難易度を下げることができないかと作っていた試作品のうちの一つだった。

けれど今のところ、濃縮ジュースを上手《うま》く作ることはできないでいた。

厳密に言うと一応濃いジュースを作ることはできるんだけど、どれだけ煮詰めてみてもわざわざ水で薄める必要がない、少し濃いめのジュースしか作ることができなかったのだ。

でもこの品種改良して甘さを増やしたフルーツで作ったジュースなら——煮詰めれば、しっかりと濃さを高めることができるかもしれない。

そしてもう一つのシロップについて。

こっちの根本の考え方は、既に作っているフルーツティーと同じである。

高いポテンシャルを持つフルーツを使えば、フルーツに何かを足して作る形の製品はフルーツだけで再現できるんじゃないか。

そんな発想から、僕らは砂糖を使うことなく、フルーツを煮詰めただけでフルーツシロップを作ることができないかと試行錯誤していた。

けれどこちらのシロップ作製も濃縮ジュースと同様、甘みが足りないことによって頓挫《とんざ》してしまっていた。

糖度が高めのフルーツが作れるのなら、現在止まっている二つの作製を再び進めることができるかもしれない。

僕は控えめな酸味とまったく控えることのない暴力的な甘みのミカンを口に入れながら、目を輝かせる。

「これ……すごい力だよ！」

この樹木改良は、今まで手に入れてきたスキルと比べると地味な力だ。

便利さで言うと転移や樹木配置には勝てないし、直接的な戦闘能力が上がるわけでもない。

けれどこのスキルは少なくとも、ウェンティを発展させるのに——とてつもない効力を発揮する力だ。

古来、人は甘味には逆らえない生き物なのだから。

「お、どうやらこっちもできたようだぞ」

色々と考えを巡らせている間に、普通に植えたミカンの木にも実がなったようだ。

デトックスウォーターを飲んで口の中を一度リセットさせてから、パクリと食べてみる。

「うん、こっちは間違いなく美味しい。一級品のフルーツだ」

「さっきのあれを食べたあとだと、甘さが物足りない気がするな……」

「どちらも美味しいですが、お菓子や酸味料に使うなら、もう少し酸っぱい方がいいかもしれませんね。ですが……そのあたりの調節もできるのですよね？」

「うんっ！　これなら各所から要望を出してもらって、皆が欲しいと思っている形に果実の味を調整してもらうのがいいかもしれない！　これから、忙しくなるよ――っ！」

この新しい樹木改良の力は、僕の期待を裏切ることはなく。

視線の先に明るい未来が見えた僕は、ガッツポーズせずにはいられないのだった。

それから僕は、一気に忙しくなった。

基本的に新しい果樹が植えられるようになったら伝えるようにはしているんだけど、今回は今までとはちょっとレベルの違う重要案件だ。

今後の特産品の生産量なんかにも関わってくるため、マトン達文官に考えてもらい僕は各地に樹を植えていくことになった。

色々と試してわかったんだけど、やっぱり普通に植えた場合は全ての項目が4ずつ均等に振られ、樹木改良を使うとそこに意図的に傾斜を設けることができるようだった。

シムルグさんに聞いたところ、聖域内にある樹木は神獣の守護を受けるため、病気などにはかかりにくいらしい。

なので耐性に関しては数値を最低限1だけ振ることにして、あとは酸味と甘みを始めとした各項目に振り分けて樹木を植えて色々と試してみた。

その結果は、なかなかに面白いものだった。

まずは甘さと酸っぱさに関して。

甘さを10にして作ったフルーツを煮詰めることで、無事に濃縮ジュースとフルーツシロップを作製することができた。

煮詰めるのに時間と人手がいるのでまだ生産量はそれほどではないけれど、すぐに人を集めて増産させるつもりだ。

シロップ作りの方が落ち着いたら、そこから砂糖の精製なんかもできたらと考えている。

ちなみに両商品ともとりあえず作ることができた分に関しては既にランさんに卸しており、ウェンティの特産として広めてもらっている。

そして次に酸っぱさについて。

これもまた、想定通りだった。

酸っぱさを10にしてミカンの樹を植えると、もうレモンなんか目じゃないくらいに酸っぱいミカンができたのだ。

見た目的には完全にミカンなので、違和感がすごい。

ちなみに他のフルーツの樹も、酸っぱさを10にするとものすごく酸っぱくなった。

それらの絞り汁をしっかりと漉《こ》してみると……フルーツの味をわずかに残した、酸っぱい汁ができた。

僕はマトンとランさんと一緒に話し合いをして、このフルーツ汁――フルーツ汁だと名前が良くないということで、フルーツスクイーズと命名することにした――をウェンティの特産品にすべく、ひとまずウェンティ領内で流通させることにした。

岩塩が安定して採れるようになったのは嬉《うれ》しいけれど、ウェンティの料理は基本的に味にバリエーションがあまりなかった。

フルーツを使って甘いか、塩を使ってしょっぱいか。

おおむねこの二つしかなかったのだ。

けれどこのフルーツスクイーズは新しい可能性を切り開くものだ。

食は豊かさであり、豊かな領地では必ずと言っていいほどその領地独自の料理が発展していく。

酸っぱいマンゴーや酸っぱいビワ、それに酸っぱいモモなどという恐らく自然界には存在しない果物が生産できるようになったことで、他にはない独自の酸味料を大量に作り出すことができたうちの領も、これで独自の料理文化を発展させるための下地ができただろう。

他のパラメータを動かすことで、酸味料以外にも、色々と可能性は広がっている。

たとえば、生長速度（樹木）。

これは純粋な樹の生長速度だけではなく、元々の樹高にも影響を及ぼす。

生長速度（樹木）を1にしてミニチュアサイズの樹を作れば、観葉植物のように部屋の中に樹を置くこともできるようになる。

ちなみに生長速度（果実）を0にすることで果実ができないようにすることもできるので、鑑賞専用の樹も商品化の余地はありそうだ。

逆に生長速度を最大の10にすると、以前南の方で見た椰子《やし》の樹のようにとんでもない大きさになり、日に日にぐんぐんと伸びていくようになった。

樹が伸びすぎるとまともに収穫や剪定《せんてい》ができなくなるので、これを高くしすぎるのはよろしくないことがわかった。

ただ木材を利用するという観点で見ると結構使えるかもしれないということなので、ウテナさん達植林管理の人達に何本か融通している。

株分けをして爆速で育つ樹々ができるようになったら、昨今王国で騒がれている森林資源の枯渇問題もなんとかできるようになるかもしれない。

次に生長速度（果実）。

これを最大の10まで上げると、五分に一つ実をつける促成栽培果樹が誕生した。

純粋に食料生産の面で考えたら素晴らしいことだとは思う。

けれどこの生長速度（果実）には、実は致命的な弱点があった。

それは……パラメータを上げれば上げるほど、フルーツの味が落ちるという点だ。

数値を5にするくらいまでならまだ問題なく食べられるけど、7になるとよそのフルーツと変わらないくらい、8を超えると口の中が潤うだけの何かとしか言えない代物になってしまう。

あと耐性も、面白い性質があることがわかった。

これは病気などへの耐性だとばかり思っていたが、どうやらもっと広い意味があるらしく。数値を上げていくと耐熱性や耐寒性といったものから物理耐性や魔法耐性まであらゆる耐性が向上した。

耐性を10まで上げるとどうなるかというと……。

「わ、私の一撃を耐えただとっ!?」

なんとナージャの一撃を食らっても、半ばまで食い込むだけで割れずに耐えてしまった。

これは間違いなく使えると睨《にら》んだ僕とナージャは、一緒にサンドストームの武装にこの高耐性木材を使うことを決める。

軽く、堅く、そして壊れづらい。

今まで軽鎧《けいがい》だったので少し動きづらくはなったらしいけれど、その防御力の高さは折り紙付き。

誰と戦うつもりもないけれど、サンドストームの戦力は更に増強されることになった。

あ、そういえばナージャにこれを機にサンドストームを改めてアダストリア領軍として編成するように言われてたんだった。

あとでタイミングを見計らってやらなくちゃいけない。

ちなみにこの耐性の高さが有用なのは、何も物騒なことにばかりではない。

耐熱、耐寒性が上がるとありがたい樹があるよね？

そう、ハウスツリーだ。

樹木改良を使ったハウスツリーはかなり居住性が高くなり、より外の影響を受けづらくなった。

今ある全てのハウスツリーを変えるのは無理だけど、今後新たに家を作る時なんかはこの改良バージョンのハウスツリーを建てることになるだろう。

……とまぁ、この樹木改良は良くも悪くも色々な変革をもたらすことになり。

今後のことを考えて、このウェンティ内の様々な部分を変えざるを得ない状況になってしまった。

◇◇◇

僕はツリー村とギネア村を行き来しながら改良した樹木を植えつつ、商品開発にも精を出す日々を送ることになる。

「ん……誰だろ？」

日々の仕事に忙殺され疲れ気味だった僕は、ドアを開いて外を見る。

そこにいたのは、しばらく会っていなかった神狼《しんろう》のフェムさんだった。

僕の背筋に、たらりと冷や汗が垂れる。

「そろそろうちの聖域化の準備が整いそうです。もしよろしければ一度様子を見に来ませんこと？」

……しまった、完全に忘れてた！

マグロスダンジョン付近に作る第三の村の進捗《しんちょく》状況を聞くため、僕は急いでマグロス火山へと向かいながら、フェムさんの話に耳を傾ける。

「きっと来たらびっくりすると思いますわ」

フェムさんは胸を張りながら、自信ありげにそう言った。

なので期待に胸を膨らませながらマグロス火山へと向かうことにする。

そこで僕は……。

「な、なにこれっ⁉」

想像していなかったほどの活気ぶりに、思わず目を白黒させるのだった。

◇◇◇

「うちのファイアベアーの肉串《ぐし》は絶品だ！　それが今ならたったの銅貨三枚！　お買い得、お買い得だよ！」

「火山アワビの踊り食いやってるよ！　値段は銀貨一枚、どうだいどうだい！」

「あ、あのー、うちのマドリウオの姿焼きは絶品なので、是非食べに来てくださーい！」

久しぶりに来るマグロス火山は、以前と同じ場所なのか疑問に思ってしまうほど活気に満ちていた。

そこら中で食べ物の屋台の人達が必死に声を張り上げながら客を呼び込んでおり、それに引かれて何人もの人達が足を止めては、セールストークに耳を傾けている。

「すごい活気だな！」

「うん、ちょっと声を張らないとまともに話もできないよ！」

いつもより気持ち大きめの声をナージャに返しながら、大通りを見つめる。

以前は人通りがわずかにある程度だったはずのこの場所には、今では大量の人が行き来している。

今僕らが歩いているのは、北の大通りだ。

ちなみにフェムさんの方は軽く仕事を済ませるということで一旦《いったん》別れ、ダンジョン前で再集合する段取りになっている。

ここの説明をするためには、そもそもこの村についての説明を先にする必要がある。

マグロス火山にあるダンジョンの周囲に防壁を張り、その横に立てたハウスツリー。

フェムさんが綿密に計画を立てたという区画整理のされた区域は、円形になっている。

そしてその円形を十字に切るように、東西南北に四つの大きな道ができているのだ。

また、それ以外にも数本ほど通りがあり、道と方角との位置関係に区分けされ、厳密に番号によって分けられている。

僕らが歩いている北の大通りを東に進めば、北東一区画、東一番通りを抜けた先が北東二区画
……といった具合だ。

僕からするとなんだか堅っ苦しいような気がするけれど、僕に対して熱弁をしたフェムさんはこんな風に言っていた。

「迷宮の周りにできる人里というのは、多かれ少なかれ混沌《こんとん》とするものです。複雑なことが多くなっていくのですから、区画くらいはシンプルにしなければ」

どうやらフェムさんは神獣ネットワークで、迷宮都市を聖域化させたことのある神獣から話を聞いたらしい。

その神狸《しんり》から聞いた経験談などを加味してこのようにしたのだと言われれば、まったく無知な僕はそういうものなんだなぁと思うしかない。

迷宮からのスタンピードなど、いざという時はハウスツリーを防壁として使う目的もあるらしいし、基本的には言われるがままにやることにした。

「しかし急速に発展していますね……ツリー村もうかうかしていられないかもしれません」

「別に張り合わなくてもいいいんじゃないかなぁ」

アイラとナージャと一緒に、大通りを歩いていく。

信じられないかもしれないけれど、歩いていてもあまり樹木の姿はない。

立ち並んでいるのはそのほとんどが、街灯として使えるライトツリーばかりだ。

――そう、僕は各村の代表者やフェムさん達と色々と話し合った結果、この場所には果樹を置か

ないことにしていた。

あくまでもウェンティのフルーツは、ツリー村とギネア村のブランド品として売り出していくつもりだからだ。

フェムさんも乗り気だし、このマグロス村（定着しつつある仮称、フェムさんは反対を継続中）でも管理はできると思うけれど……大量の人が行き来することになるし、何が起こるかわからないから念のためにということでもある。

「でも歩いていて緑が少ないのは、なんだか新鮮だね」

「そうだな、ウッディは行くところ行くところ、緑化させずにはいられないしな」

「なにさ、その言い方」

「冗談だよ、すねないでくれ」

小さく笑うナージャに、つんつくと頬を突《つつ》かれる。

わざとらしく膨らましたほっぺから、ぷくっと空気が抜けていった。

「ふふっ」

「えへへっ」

お互い気心を知っているからできる馬鹿馬鹿しいやりとりに、思わず頬が緩む。

傍《はた》から見ていると何やってるんだろうと思われるこういうことが、やってみると一番楽しかったりするのだ。

「でも既にかなりの人が来ているね」

「『ウィング商会』の人も多いですが……冒険者の方も多いですね。そのせいか、全体的に即物的な感じがします」

アイラの言う通りで、こうして大通りを歩いていると、見えるのは食べ物を売っている露店と武器防具屋、それにこまごまとした生活用品を売っている露天商が何店か。

まだ人がそれほど多くないせいか、とにかく大通りに店が集中しているようだ。

そう、既に現在このマグロス村（以下略）には冒険者ギルドの出張所ができている。

おかげで既に魔物やダンジョンで採掘のできる鉱物資源などの買い取りが行えるようになり、新たな狩り場を求めためざとい冒険者達やそこを商機とみた商人達がやってきているのだ。そして人がいるならそこに必ず生じる需要を満たすために娼館《しょうかん》が建ったりもしている。

ちなみに妙に人間の機微に詳しいフェムさんの指導の下、南の西一区画には色街ができている。

僕も男だしちょっと気にはなったけど……ナージャやアイラの目が怖いので行くそぶりの一つも見せるつもりはない。

「む、何かよこしまな気配を感じました」

「な、何も考えてないよ？（裏声）」

少し考えただけでこれだ。

アイラの警戒センサーの感度が高すぎるせいで、下手なことを考えるわけにもいかない。

自分で言うのもなんだけど、将来は二人に尻《しり》に敷かれそうな予感が今からひしひしとしているよ……。

僕らはフェムさんと約束をしていた、マグロス火山のダンジョン前の広場にやってきた。

大通りと負けず劣らず、こっちもなかなかの活気だ。

「弓使い！　弓使いのボランがいるよ！　誰かパーティーを組んでくれるやつはいねぇか？」

「この中に魔法使いはいないか？　今ちょうどうちに欠員が出て……」

「はいはいっ！　私初級ですが火魔法が使えます！」

広場にいる冒険者が即席のパーティーを作りダンジョンへ入っていく。

そして入れ替わるように別の冒険者パーティーがダンジョンからほくほく顔で帰ってきた。

とにかく冒険者の数が多く、それを狙いに商人と販売人もやってきている。人数なら大通りの方が多そうだけど、熱気ならこっちの方がすごいかもしれない。

「うっ⁉　く、臭いぞ……」

ナージャは何日もダンジョンに潜っていた冒険者達の汗臭い臭いに倒れそうになっている。どうやら貴族令嬢である彼女的には、色々とキツいものがあるようだ。

ちなみにアイラの方は、上品にハンカチで鼻を押さえていた。

彼女的にも、臭いのはNGのようだ。

「んだと⁉　先にぶつかってきたのはてめぇの方だろうが！」

「ああんっ、やんのかゴラ⁉」

冒険者達がお互いの肩をつかみ合い、にらみ合っている。

このままだと取っ組み合いの喧嘩《けんか》になりそうな勢いだ。

思わず仲裁に入ろうとするけれど、その必要はなかった。

「発射！」

ドーンッ‼

服を掴《つか》みにらみ合っていた男達の目の前に、黒弾が落ちる。

黒弾は地面を削り取り、そのままシュウ……と音もなく消えていった。

顔を上げればそこには、ダンジョンを管理するサンドストームのメンバーと彼らに貸し与えているダークウッドゴーレムの姿がある。

その脇には樹木守護獣も控えており、全員が臨戦態勢だ。

「これ以上騒ぎを大きくするようなら、実力行使に出るが？」

「す、すみません……」

「悪気はなかったんです……」

さっきまで唾《つば》を飛ばしながら言い争っていた男達は、肩を落としながらとぼとぼと歩いていく。

ダンジョンの周辺には、当然ながら冒険者達がたくさんいる。

武装しているのに喧嘩っ早いという困った特徴を持つ彼らをなんとかするために、僕はサンドストームや樹木守護獣、ウッドゴーレムといった各種戦力をこのダンジョンに配置することにしていた。

一応かなり強い人が暴れてもなんとかできるようにはしていたつもりだったけど……こうして問題なく動いているのを見るとホッと一安心である。

「今のところ、ダンジョン付近も治安の問題はなさそうだね」

「ええ、いざという時はウッディさんに借りているイリデスントウッドゴーレムの方を使いますので、防犯については基本的に問題ありませんわ」

くるりと後ろを振り返ると、そこにはいつものように余裕ある表情を浮かべているフェムさんの姿があった。

「フェ、フェムさん⁉」

もしかして僕達がゆっくり歩いてきたから、心配させてしまっただろうか？

だとしたら悪いことをしてしまったな……。

「す、すみません！　大通りから確認がてら歩いていたら、つい遅くなってしまいまして」

「全然問題ありません。ウッディさんも来るのは久しぶりでしょうから、色々と確認しなければならないことも多かったでしょうし」

そう口にするフェムさんは、長い犬歯が根元まで見えるほどに笑っていた。

最初の頃はわからなかったけど、今ではこれは彼女の機嫌がかなりいいサインだということがわかっている。

どうやらこの領域を守護することになるフェムさんも、かなりテンションが上がっているようだ。

「ダンジョンも今のところ問題なく動いていますわ。それに……」

諸処の説明をしてくれるフェムさん。

話を聞き終えてさて歩こうかというところで、気付けばその脇に精霊の姿が見えた。

「え、もしかして……」

「みゃー」

そこにいたのは、以前フェムさんに預けた火精霊だった。。

どうやらずいぶんと成長しているようで、既に僕の頭を超えるくらいのサイズになっている。見た目は完全に大きめのトカゲだ。

「みゃー」

「え……ちょっと、サイズ的に無理だってば！」

けれど火精霊は以前と変わらない様子で、僕の頭に乗ってこようとしてくる。

無理矢理頭に乗った火精霊のせいで、まったく前が見えなくなってしまう。

「精霊だから重さはないのは助かるけど……よっと」

持ち上げて抱き抱えてみる。

大きさ的には、小型犬くらいだろうか？

このまま大きくなったら、ある日突然ムキムキマッチョになるんだろうか。

なんだかとっても恐ろしい。

精霊をどけて視界を確保すると、あたりが急に静まりかえっていた。

見てみると、どうやら僕らが周囲の視線を集めているらしいことに気付く。

流石にフェムさんの姿は目立つし、当然と言えば当然か。

僕とフェムさんの姿を確認した冒険者達が、ものすごい勢いで平伏している。

中には立ったままでいようとする人間もいたけど、仲間に何か呟《つぶや》かれるとすぐに顔を青くして頭を下げる。

な、何を言われたんだろう？

聞きたいような、聞きたくないような……。

「どうです、私の薫陶もしっかりと行き渡っておりますでしょう？」

「そ、そのようで……」

一体いかなる方法を使っているのか。

僕が知らないうちに、フェムさんは見事なまでにやってきている冒険者達の首根っこを押さえることに成功しているようだった。

フェムさんが味方であることに安堵《あんど》しながら、僕は彼女の案内に従って歩き出すのだった。


現在、このマグロス村には沢山の人がやってきている。

けれどそこに、ある疑問が浮かんでくる。

ダンジョンを目指して冒険者がやってくるのもわかる。

それをターゲットにして商売人や販売人達がやってくるのもわかる。

それではこのマグロス村に住んでいる人は、一体どんな人達なのだろう？

というかそもそもこの村に、村人はいるのだろうか？

答えは簡単だ。

この村には既に村人がいる。

そして彼らは……様々な事情を抱え、この村にやってくる選択をした人達だった。

「とりあえず今は予定が空いている人達に来てもらいました。来ているのは大体……半分くらいでしょうか？　ここにいない人達もまだまだ沢山います」

フェムさんと一緒にやってきたのは、マグロス火山の七合目あたりだった。

見下ろせば眼下にはダンジョン前の広場が広がっており、顔を上げれば村を端から端まで見渡すことができる。

そして呼び出された僕らがやってきたこの場所には、マグロス村に住んでいる村人達の姿があった。

彼らがここに来るまでに何度も顔を合わせたことがあるため、名前と顔が完全に一致……とまではいかないけど、顔を覚えている人達も多い。

その中には、僕が購入し即座に解放した、解放奴隷の自由民達も多くいる。

この村にやってくることを選んだ人達には、色々な理由がある。

たとえば、ツリー村のゆったりとした空気やギネア村の男臭い空気に馴染《なじ》むことができなかった人達。

たとえば、解放されて自由民になったのはいいものの、奴隷の時の指示待ち状態が続き上手いこと社会に溶け込むことができないでいる人達。

今後大きなお金が動くであろうマグロス村に賭《か》け、一念発起してやってきた家族なんかもいる。

ギラついている人達と、ギラついていない人達。

それが半分ずつぐらいいるせいで、ここには不思議な空気が漂っていた。

不安そうな人もいれば、自信に満ちた様子の人もいる。

落ち着いている人もいれば、ぐらぐらと熱く煮えたぎっている人もいる。

本当に色んな人がいて、彼らはマグロス村を発展させていくという一つの大きな目標においてのみ、同じ方向を向いているようだ。

村は、住む村人達によってその色を大きく変える。

マグロス村は、彼らによって、どのような村に成長していくんだろうか。

けれど一つ、たしかなことがある。

それは――彼らがこの村に留《とど》まることを決めた時よりもいい顔をしている、ということだ。

「フェム様、ご苦労様です」

「目上の人に対してはお疲れ様という言い方をした方がいいですわよ」

「――はっ、ありがとうございます！」

そう言って笑うのは、自由民のスグさんだ。

彼は何をさせても一定以上の成果を出せる有能な人間ではあるんだけど、典型的な指示待ちというやつで、自分から自発的にほとんど動こうとしない。

そのせいで前の職場を辞めさせられてしまったため、マグロス村への移住を決めたのだという。

フェムさんは彼のことを、上手く操縦できているようだ。

彼女は本当に、人の機微や性質というものをよく理解している。

人の本質を見抜く力は、間違いなく僕以上だろう。

神獣様は、個々人によってその生き方から何までまったく違う。

彼らはまるで人間のように、十人十色だ。

シムルグさんは一人でいるのが好きな紳士だし、ホイールさんは誰かと酒を酌み交わすのが好きな豪傑。

そしてこの村の領主代行のようなことをしているフェムさんは……完璧《かんぺき》主義なお姉さん、といった感じだろうか。

前にシムルグさんは基本的に神獣はあまり人間に干渉してはいけないと言っていたけれど、フェムさんの考え方というのは彼とは根本的に違うようだ。

フェムさんはホイールさん同様、人と積極的に関わっている。

実際問題この村でも、彼女は全体をまとめる監督のような役目を担っている。

仕事をしていない人のお尻《しり》を蹴《け》り上げたり、何をすればいいかわからない人達に優しく教えてあげたり。

フェムさんはこの村のお母さん的な存在として、敬われると同時に、愛されている。

色々とやってくれる彼女だけど、僕らに対する配慮も当然忘れてはいない。

実際の事務処理や行政を行うのは、あくまでもウェンティの人達だ。

彼女はあくまでも領主である僕の領分を侵さない範囲で、仕事を引き受けてくれている。

引き受けている……というより、彼女自身喜んでやっている、と言った方がいいのかもしれない。

村人達に慕われているフェムさんを見ると、そんな風に思えた。

「それでは、こほんっ」

フェムさんが小さく咳払《せきばら》いをすると、先ほどまでざわざわとしていた皆が一斉に静かになる。

それを見て一つ頷《うなず》いたフェムさんが、こちらを見つめてくる。

「準備はいいですか？」

「はい——フェムさん」

フェムさんがいつもよりも荘厳な空気を感じさせながら、その瞳《ひとみ》を大きく開く。

嘘《うそ》の一つも見逃しはしないという、力強い視線。

僕は内心に生じた恐れを押し殺しながら、精一杯虚勢を張って見返す。

そして胸を張りながら、彼女の言葉を待った。

「私にとって既にこの村の皆は、我が子のようなものです。彼らが悲しめば私はそれを悲しむでしょう。彼らが愛するものを、私もまた愛するでしょう。ウッディ、あなたに問います。あなたにはこの村の皆を幸せにすることができますか？」

「――はいっ、もちろんです！」


ここ最近あった色々な出来事が、頭の中に浮かんでくる。

将来的な鉄のだぶつきをなんとかするためにドワーフ達のところにいったら、なぜかダンジョンのスタンピードを防ぐことになったり。

なぜかドワーフ達全員の面倒を見ることになったり。

新たな神獣様のフェムさんと出会い、ランさんとまた新たな商売の話をして、樹木改良でまたウェンティの商品が色々と増えていき……今こうしてまた新たな村が、ダンジョンの恩恵にあずかり発展しようとしている。

これら全ての選択が、正解だったとは思っていない。

だって僕は決して、完璧な人間ではないからだ。

僕は今まで何度も間違えてきた。

けれどその度に、立ち上がってきた。

ナージャに、アイラに、そして皆に助けられて。

ウェンティでの暮らしは、必ずしもいいことばかりではなかったけれど。

でも僕は、今までの全てが間違いだったなんて、まったく思わない。

僕が今掴《つか》み取っているこれが正解なのだと、そう胸を張って言うことができる。

「きっとまた、僕が想像もできない色々なことが起きると思います。そのせいで方々に、色々な迷惑をかけてしまうかもしれません。でも必ず——最後は必ず、皆で笑い合ってみせます！」

僕の言葉を聞いたフェムさんが笑う。

「良い啖呵《たんか》です——上等でしょう」

彼女はすうっと大きく息を吸い、そして顔を上に向けた。

そして——大きな大きな遠吠《とおぼ》えをした。

今までに聞いたことがないほどに大きな鳴き声だ。

一体どんな肺活量をしていたらこれほどの大声が出るんだろう。

レッドドラゴンの咆哮《ほうこう》よりも、ずっと大きいような気がする。

フェムさんが遠吠えをすると、拡散した音は光の波になり、大気を震わせながら一つの束へと変わっていく。

束ねられた光のブーケが、空へと打ち上がる。

シュルシュルと音を立てながら天を上っていく。

「では私もまた、ウッディの言葉に応じ——この場所を守りましょう。今日からこの村は——誠に遺憾ながら、マグロス村とします」

そう言いながら、フェムさんがぽふりと前足を地面に置いた。

それとまったく同じタイミングで……。

ぶわん、ばっ！

空へ上っていた光がまるで花火のように弾《はじ》けた。

拡散し、聖域を形作っていく。

僕らを起点にした周囲が、一気に緑を取り戻していく。

はげ山に近い状態だったマグロス火山が草に覆われていき、大通りの交差する中心に植えられている世界樹が、一際強い輝きを放った。


麓《ふもと》にある人達の、歓声が聞こえてくる。

ここからでは彼らの表情を窺《うかが》うことはできないけれど。

きっとその顔は、笑顔に彩られているような気がした。

僕はいつのまにか定着し、そして気付けばフェムさんすら認めざるを得なくなっていたマグロス村の皆に向けて笑いかける。

「それでは改めて――僕がこのマグロス村の領主であるウッディ……ウッディ・アダストリアです！」

こうして僕はフェムさんの協力の下、三つ目の村であるマグロス村の聖域化を行うことに無事成功するのだった。

エピローグ

緊張と緩和というのは結構大切だ。

抜くところで抜くことを覚えないと、人間どこかでパンクしてしまうことも多い。

というわけで聖域化という重大な仕事を終えたのだからと、今日は丸一日休みにしてしまうことにした。

そのまま仕事に戻る気にもなれないしね。

せっかくなのでマグロス村の落成（別に今日新たに生み出したわけではないけれど）記念で、今日は村中に景気よくウチの最新商品を振る舞うことにした。

もちろんマグロス村だけだと不公平なので、ツリー村とギネア村にも同じものを手配させる。

ウェンティの今後の繁栄を、皆にも願ってほしいからね。

今日は気前よく、皆にタダ飯タダ酒を振る舞わせてもらおう。

収穫袋に大量に在庫は抱えているため、補充をしながら皆の様子を確認していく。

当然おしのびなので、いつもの貴族用の絹の服ではなく麻布の少し編み目の粗い服を身につけている。

いつもは後ろにいるアイラも今は僕の隣で村娘風の格好をしている。

ちなみにその逆側にいるナージャは、マグロス火山のダンジョンの魔物から出てきた革素材を使って作ったという革鎧《かわよろい》を身につけ、冒険者ライクな格好をしている。

僕らが歩いていると、至る所で杯を打ち付け合う音が聞こえ、酔っ払っていたり上機嫌だったりする人達の陽気な声が聞こえてきていた。

「ウッディ様に！」

「マグロス村の今後の繁栄に！」

「「乾杯ッ！」」

酒好きな男の人達は、とりあえず樽《たる》から出してもらった、少し仕込みの足りていない甘めのワインを口にして気持ちよさそうに酒を飲んでいる。

テーブルに並んでいるおつまみを見て、思わず笑いがこぼれてきた。

酒のおつまみというのは普通ちびちびと食べるものだと思うんだけど、テーブルを囲む男の人達は、まるでそれがメインディッシュかのようにものすごい勢いでそれを貪《むさぼ》っている。

テーブルの上の皿に載せられているのは……。

「うめえええええええっ‼　なんだよこのマンゴー、今までのもほっぺが落ちるほどうまかったが……今回のはそれ以上だぞ‼」

「この干しぶどうも半端ねぇ……ダメだ、手が止まらねぇよ！　こいつが甘いワインによく合いやがる！」

今回の樹木改良のおかげで生まれた副産物である、ドライフルーツだ。

甘すぎる生のフルーツをそのまま使うと、ドライフルーツの味がどうもぼやけてしまっていた。

けれど樹木改良で甘さと酸っぱさを自由に選ぶことができるようになったことで、今までのドライフルーツを過去にする改良版の製作に成功していた。

ポイントは、甘さの値を高めにして、酸っぱさの値を更にそれを若干上回るように調整してやること。

そうやって改良したフルーツを使えばドライフルーツ自体の糖度も高くなり、今まで感じていた味のぼやけも綺麗《きれい》さっぱりなくなった。

なんだか食べたくなったので、収穫袋に入れていたドライフルーツのマンゴーを一つ口に入れる。

「ウッディ様、私にもください」

「私にもくれ！」

二人の口の中にも、同じものをぽぽいっと入れてあげる。

口の中に入れた干したマンゴーを舌で転がすと、それだけで甘さが伝わってくる。

舐《な》めているだけで、ドロップみたいな甘さを感じ取ることができた。

ぷつりと噛《か》んでみる。干しているにもかかわらず感じるねっとりとした食感。

干された果肉をかみ切る時のわずかな違和感を、凝縮された旨《うま》みがかき消していく。

口の中は生のフルーツの時よりも強い甘さと、後を引くわずかな酸っぱさで埋め尽くされていく。

「うん、美味《おい》しい……やっと納得のいくドライフルーツができたよ」

「美味《うま》いな……フルーツは生に限ると思っていたが、今私の中でドライフルーツと完全に拮抗《きっこう》している」

「これだけの味になれば、自信を持って送り出すことができますね」

「うん、そうだね。ドライフルーツなら生のフルーツよりはるかに長距離を運ぶことができるから、王国全体を相手に商売ができるようになるよ」

実は今まで、ドライフルーツの流通量は生のフルーツやピーチ軟膏《なんこう》、デトックスウォーターやフルーツティーの素《もと》と比べれば絞っていた。

美味しいのは美味しいんだけど、『美味しすぎてまた食べたい！』ってなるほどのレベルじゃなかったからね。

ブランド価値を毀損《きそん》してしまわないように、ある程度の数しか卸していなかったのだ。

けれどこの改良版のドライフルーツであれば、僕としても文句のつけようがない。

これを食べた人間が間違いなくウェンティに興味を持つレベルの逸品だ。

「ワインの方も新しいものができるみたいだし、そっちも楽しみだぞ！」

「流石《さすが》に今日はまだ仕込みが間に合ってないけど、そう遠くないうちにできるはずだよ。試飲会があったら、ナージャも来る？」

「もちろん行くぞ！」

ドライフルーツ同様、ワインの方も変化があった。

酸っぱいブドウが生産できるようになったことで、今までのような甘みの強いだけのものではない、一般的なワインも作ることができるようになっていた。

樹木改良の強みは、一定の味を保ったブドウを生産し続けることができることだ。

なのでワインを作る時にも、味の同じブドウを使うことで均一の品質を維持することができる。

ワインは結構どこでも作っているものではあるけれど、フルーツと言えばウェンティというブランドさえ作ってしまえば、ワインの名産地に食い込むことも不可能ではないと思っている。

なので現在、キープさんは甘さと酸っぱさを調整したブドウを使った新たなワイン造りで大忙しだ。

ワイン造りが楽しくて仕方ないみたいなので、多分彼は今日も周りの喧噪《けんそう》を気にせず仕事に打ち込んでいるだろう。

後で労《ねぎら》いもかねて、ドライフルーツでもお裾分《すそわ》けしに行こうかな。

「しっかし……街に居る大男達が皆でフルーツに舌鼓を打っているのは、なんだか不気味に見えますね」

「あはは……まぁ、気持ちはわからなくもないけど」

酒とか肉が好きそうな大柄な冒険者達がフルーツにむしゃぶりついている様子は、なかなかどうして違和感がすごい。

僕は気付かれないよう足早に立ち去りながら、マグロス村の様子を眺めるのだった。


僕は樹があるところであれば、樹木間転移を使ってどこでも自由に行き来することができる。

そのため現在ウェンティにある三つの村の全てに、領主邸が用意されている。

そのうちの一つであるマグロス村の屋敷が、今日のパーティー会場だ。

樹木改良を使った改良型ハウスツリーを更に交配させて弄《いじ》ることで、その大きさは今までとは比べものにならないほどになっている。

以前見たトリスタン伯爵家の屋敷くらいにはなっているかもしれない。

調度品にもかなり気を遣っている。

天井ではシャンデリアがキラキラと輝いており、地面に敷かれた絨毯《じゆうたん》のきめは赤子の肌のように細かい。

木製の家具は木工が得意なドワーフの職人が気合いを入れて作ってくれており、人に見えないところまでしっかりと作り込まれていたりする。

そんな屋敷の一階、螺旋《らせん》階段の下には既に沢山の人が集まっていた。

ちなみに呼び出しているのは、ウェンティの主要人物と神獣様達だけだ。

純粋に領地の利益のことを考えるなら、大貴族や豪商なんかを呼び込んでもっと大々的にやった方がいいのかもしれないけど……せっかくのお祝い事だから、皆で楽しみたかったし。あんまり商売や政治のような難しいことを考えずに済む楽しい会にしたかったから、これでいいのだ。

それに神獣様を呼んでいると、よこしまなことを考える人が出ないとも限らないしね。

「タダ酒が飲める機会なんざ、何度あってもいいのよな！」

「うむ、やはりワインはこうでなくては……」

シムルグさんとホイールさんは、フロアの端の方でワインに舌鼓を打っていた。

今回のパーティーには、現時点で商品として流通させていない試作品の料理が多数置いている。

シムルグさんが飲んでいるのは、現在開発しているエレメントフルーツを使ったワインだ。エレメントフルーツは、得意な属性を持っている魔法使いにとって至高の果物になる性質がある。

それを使って火・風・水・土・光・闇属性の魔法使いを対象にしたワインを製作中なのだ。

基本的に魔法を使うことができる人間は素養を持っている貴族であることが多く、またそうでない場合もそのほとんどが高給取りだ。

このワインは高級路線として売り出すための商品として開発中なのである。

シムルグさんが飲んでいるのがウィンドワイン、ホイールさんが飲んでいるのはアースワインだ。

ちなみに、二人ともかなりのうわばみなので二人用のものを樽で用意してある。

「シムルグさん、ホイールさん。今日は参加してくれてありがとうございます！」

「何、今後のウェンティの発展のためと思えば、顔を出すくらいわけのないことなのである」

「うんうん、せっかくフェムがまた聖域を持つようになっためでたい日だしな！　酒を飲まない手はないのよ！」

「……また、ですか？」

気になったので、思わず聞き返してしまう。

すると顔を赤くして上機嫌なホイールさんは、樽の蛇口を捻《ひね》ってワインを出しながら笑う。

「ああ、フェムも前に聖域を持ってた時があったのよ。あん時のあいつは今よりもっと……」

「あら、面白そうな話をしてるのね？　私も交ぜてくださらない？」

ギギギ……と振り返るホイールさん。

そこにはいい笑顔をしながらその瞳《ひとみ》を剣呑《けんのん》に光らせる、フェムさんの姿があった。

ホイールさんの汗腺《かんせん》という汗腺が開き、全身からだくだくと汗が噴き出してくる。

「ほら、続けて？」

「な、なな何を話してたか忘れちまったのよな！　こういう時はワインを飲むに限るのよ！　しかしウッディ、このアースワインは美味いな！　できれば定期的にくれるとありがたいのよ！」

全身を震わせながら明らかに動揺しているホイールさん。

その話題そらしはあまりにも露骨すぎたけれど、ここは乗っておくのが得策だろう。

「はい、もしよろしければ定期的に渡すようにしますよ」

「た、助かるのよ！　その代わりと言っちゃなんだけど、もう少し岩塩が採れるようちょっと新しい山でも作っておくのよ！」

「それはこちらとしても助かります！」

　ぐびぐびとアースワインを飲み出したホイールさんを見て、フェムさんがはぁと大きなため息を吐《つ》く。

「すみませんウッディ、同じ神獣として恥ずかしい限りです」

「いえいえ、ホイールさんにはいつも助けられてばかりですから」

「ウッディ、我もウィンドワインを頼んでもいいか？」

「ええ、大丈夫ですよ。シムルグさんも気に入りましたか？」

「うむ。極上の甘露を飲んでいるようでな……ただのアルコールを飲んだ時とはまた違った、陶然とした感覚になるのだ……」

　シムルグさんは風魔法を使ってジョッキを浮かせながら、器用にワインを飲んでいる。

　その横顔は、どこかうっとりしているように見えた。

「それなら二人に便乗して、私もウォーターワインをいただいてもいいですか？」

「ええ、問題ありませんよ。……あ、っていうことは、フェムさんは水属性が得意なんですね」

「そうですね。最近ではもう、あまり力を使うこともありませんけど」

　フェムさんの新事実を聞きながら、とりあえずアイラに神獣様用のワインを確保しておくようメモを取ってもらう。

別れを告げてから歩いていると、今度はがぶがぶと酒を飲んでいるランさんの姿が目に入った。

完全に猫を被《かぶ》るのを止《や》めたのか、ワイルドに肉を頬張ってはそれをワインで喉《のど》の奥に流し込んでいる。

「あらウッディ様、どうも」

「お疲れ様ですランさん、わざわざご足労いただきありがとうございます」

「いえいえ、私としても新商品は気になっていたので……これ、全て卸していただけるんですよね？」

「はい、もちろんです。『ウィング商会』に優先的に回させますよ」

「ありがとうございます、ふふふ……」

目がお金のマークになっているランさんが食べている肉には、うちで作っている酸味料が使われている。

使ってみるとわかったんだけど、とにかく酸っぱくさせてもやはりフルーツによって後味や爽快《そうかい》感《かん》なんかはずいぶんと違う。

ミカンの酸味料を使うと口の中が爽《さわ》やかになり、ブドウの酸味料はどちらかと言えば後味を引く。

前者は重たい料理なんかに使うと合って、後者はさっぱりめの料理に合っている。

今までにない酸味料で物珍しいから最初の方は売れるだろう。

でもそれが一過性のものにならないようにするためには、沢山の改良が必要になることだろう。

まだまだ気は抜けないのだ。

ランさんと別れると、シェクリィさんとジンガさんの姿があった。

その脇にはデグジさんもいる。

「ウッディ様、お久しぶりです」

「シェクリィさんの方は調子はどうですか？」

「まぁ、ぼちぼちといったところですかね」

無難な対応をしながらも、シェクリィさんはうちで作った改良中のジュースを飲んでいる。ジンガさんとデグジさんは、同じく改良中のワインの入ったグラスを傾けていた。

新たな村ができたことで、今後はツリー村とギネア村にも人の出入りが多くなることだろう。

安全に配慮してしっかりと警備を回せるよう、今後はウッドゴーレムや樹木守護獣の数を増やしておかなくちゃ。

人員に余裕も出てきたから、領軍の巡回も強化させていくのがいいかもしれない。

……あ、ちなみにサンドストームはこのたび、正式にアダストリア領軍として編成し直すことになった。

それに伴ってナージャは一旦《いったん》軍から離脱し、元々副リーダーを務めていたカディンを正式に領軍の軍団長に任命している。

ダークエルフにドワーフ、そしてエルフまで交じっている混成軍だけど、その実力は高い。色々と面倒も多いらしいけれど、彼には頑張ってもらいたいところだ。

「ウッディ様、帰っていいですか？」

「帰っちゃダメだよ、仮にも文官の長なんだから」

マトンを始めとした文官達も、何人か呼んでいる。

ちなみにその向こう側には、感激した様子でこの場に立っているカディンもいたりする。

彼の後ろにはカディンが連れて来た兵士達が数人いて、この空気からものすごく浮いている。

「うちも人材が揃《そろ》いつつあるな、ウッディ」

「才あらば用いる、だからね。つまりそれだけうちに、才能のある人達が埋もれていたってことだよ」

ナージャの言う通り、ウェンティが大きくなってきたことで、文官と武官を始めとした人材も着実に増えてきている。

コンラート領なんかでは生産系や専門系の素養に関しては、基本的に見向きもされていなかった。

自分の父をこういうのもあれだけど、あの人は本当に戦うことにしか興味がないからね。

それを反面教師とした僕は、ウェンティではただ才ある人を重用するようにした。

アダストリア子爵領では、とにかく種族や来歴、爵位から素養まで、一切を気にしない。

人を選ぶ基準は、有能か否かだけだ。

そのためうちに仕官希望に来た騎士や官吏志望者達の中には、能力が足りないと採用を見送られた者も多い。

といっても、才能がないから切り捨てるなんてことをするつもりはない。

そこらへんのセーフティーネットも充実させているつもりだし、現在はマトン達に頼んで就職支援施設なんかも作っている最中だったりする。

「ウテナさん達も楽しんでくれてますか？」

「ええ。呼んでいただきありがとうございます、ウッディ様」

「ウッディ様、このような場に呼んでいただいたこと、感謝致しますぞ……いやぁしかし、酒が美味いですな！」

エルフのウテナさん達一行と、ドワーフのビスさん達一行が別のテーブルを囲んでいる。

エルフは菜食主義者も多く、取っている料理は野菜料理が多く、反対にドワーフのテーブルはとにかく肉と酒が大量に並んでいて、見ているだけでこちらが胸焼けしてきてしまいそうだ。

……好みが違うだろうということで立食形式にしておいてよかった。

「一応事前に会っていてはもらいましたが、こうして隣のテーブルで食事をしているのを確認することができて、正直ホッとしています」

エルフとドワーフの仲の悪さは有名だ。

森を大切にするエルフと、金属を加工するために森の樹々を切り倒すドワーフ。

両者の対立は根深いという話は誰でも知っている。

けれどウェンティであれば、どれだけ樹を切り倒しても僕のスキルで新たに植えることができる。

だから両者の対立は起こらない、とは思うんだけど……。

「まぁたしかに、私達高貴なるエルフと槌《つち》を握るしかないドワーフとでは住む世界が違いますものね」

「たしかに、樹を植えるしか能がないエルフとこのウェンティの産業に大きく寄与しているドワーフとでは住む世界が違うものなぁ。なるほど、エルフなのになかなか殊勝ではないか」

「うふふふふ……」

「はっはっはっ……」

仲……悪くない、よね？

なんにせよ、今後のことを考えると両種族には仲良くしてもらいたい。

今やドワーフは、このウェンティにはなくてはならない存在だ。

この屋敷の天井でキラキラと輝いているシャンデリアは、ドワーフの細工職人達が丹精込めて作ってくれたものだ。

家の木工品を作ってくれているのもドワーフだし、製鉄業を行ってくれているのもドワーフ達だ。

彼らの力がないと、ギネアの加工業の水準はグッと一気に下がってしまう。

そして将来のことを考えれば、エルフの植林の知識は欠かせない。

また人間と比べて長い時を生きる彼らは、人間よりもはるかに高い水準の知識を持っている。

その知識は既に薬作りで役立っていることからわかるように、今後のウェンティに間違いなく必要になってくるはずだ。

「まぁウェンティにいる間は、わざわざ喧嘩《けんか》をする理由もありませんわい。ウッディ様の面目を潰《つぶ》すわけにもいきませんしな」

「そうですわね。森を維持できるというのなら、わざわざ目くじらを立てる必要もありませんし」

仲がいいんだか悪いんだかわからないけれど、仲良くしようとしている気持ちは伝わってきた。

今日のところは、その心意気だけで十分だろう。

一通り挨拶《あいさつ》を終えて、僕は階段の端に立つ。

そしてぼうっと全体を見ながら、パーティーを楽しんでいる皆のことを見つめていた。

一度ひどい目に遭ったからこそ、僕は常々こんな風に思うのだ。

きっとこの世界に、なんの役にも立たない人なんて一人としていない。

世界中にいる人は全員、輝く何かを持っているんだって。

生まれや、生まれ持った素養。

たしかにそれが大事なのは間違いのないことだ。

人は決して、平等じゃない。

中でも素養なんて、その最たるものと言っていい。

けど持って生まれた才能がなくたって。

素養がなかったり、あっても使えるものじゃなかったりしても、それで腐ることなんてないって、僕は思うのだ。

人には輝けるところが、絶対にある。

だからウェンティにいる皆が輝くことができる場所を用意することこそが、領主としてのこの僕、ウッディ・アダストリアの役目だと思っている。

「ウッディ、こんなところにいたのか」

「――ナージャ」

今日のナージャは、わざわざ自宅から取り寄せたという真っ赤なドレスを身にまとっている。ちなみにアイラはそれに合わせてか、淡い青のドレスに身を包んでいる。

二人は隣に立ち、僕が見ていた景色を、僕と一緒に眺めてくれる。

「ウッディ様に乾杯！」

「マグロス村とウェンティの繁栄に、乾杯！」

皆が話を、食事を、お酒を楽しみながら笑っている。

その光景を見ながら、僕らは言葉を交わすことなく頷《うなず》き合った。

楽しいことを好きな人と共有できる。

それだけで楽しさや嬉《うれ》しさが、何倍にも大きくなっていく。

「今回も色々あったけど……とりあえずお疲れ様、ウッディ」

「ナージャもね」

ちんっと、ワイングラスをぶつけ合う。

この少し青みがかったワイングラスも、今後生産しようと思っている商品の一つだったりする。

ドワーフが高炉を使って作ることができる、透明度の高いガラスを使って作られている。

使う薪《まき》の量が馬鹿にならないらしいけれど、木材の調達ならばどうとでもなる。

こちらも商品化までに、そこまで時間はかからないだろう。

ワインは軽く口をつけるに留《とど》めておいたが、どうやらナージャは気分がいいのかグビグビと水でも飲むようにワインを空けてしまった。

少し赤らんだ顔と潤んだ瞳《ひとみ》が、なんだか妙に色っぽい。

「ナージャ」

「どうかしたのか、ウッディ？」

「わざわざこんなところまで追いかけてきてくれて、ありがとうね」

彼女の奔放な明るさには、いつも支えられていた。

暗い方に思考が偏りがちな僕がそこまで思い悩むこともなくここまで来れているのは、間違いなく彼女のおかげだ。

「ふふっ、婚約者としては当たり前のことだよ、ウッディ」

「これからもよろしくね、ナージャ」

「それはこちらの台詞《せりふ》さ」

思えば色々なことがあったけれど、こうして僕は今皆を笑顔にすることができている。

少しくらい自分がしたことを、誇ってもいいのかもしれない。

ツリー村は、僕と一緒に歩んでいくと決めてくれた砂漠の民達がいる村だ。

落ち着いていて、いつでも僕の帰りを待ってくれている。

ギネア村は、王国に干渉されることがないよう王国出身の人達を、王国そのものから離すための村だった。

そしてホイールさんを迎えたことで、今では出身や元の境遇に関係なく、鉄鋼業や採掘業が盛んになり、ドワーフ達も迎えたことで工業化が進んでいる。

マグロス村は一体どんな風に発展していくんだろうか。

予想できることもあるけれど……きっと村の皆は、そんな僕の予想を軽々と超えた結果を出してしまうに違いない。

「ウッディ様、気付いていますか？」

「何にかな？」

「今のウッディ様……すごくいい顔をしておられます」

左手で、自分の頬を撫《な》でる。

そんな顔をしていただろうか。

きょとんとしながらナージャとアイラを見つめ返すと、二人ともなぜだかもじもじとしながら身体《からだ》を動かしていた。

疲れは感じているけれど。それと同じくらい……いや、それ以上に充実感を覚えている。

ウェンティの発展は始まったばかりだ。

このウッディ・アダストリアの躍進はここから始まるのだ……なんてね。

僕は少しだけはにかんで、二人の手を引く。

そして少し恥ずかしがっている二人のかわいらしい婚約者を引き連れて、改めてパーティーの輪の中へ入っていくのだった。

特別編

ウッディの父であるコンラート公爵は、その名をガビル・バギエル・コンラートという。

コンラート領は王国の中では少々特殊な立ち位置にある領地だ。

その原因はまだコンラート家が大きくなかった頃、いくつもの領地を武力で平定させここまで領土を広げたことに端を発している。

まずコンラート領はアリエス王国北部のうちの半分以上を手中に収めているが、その中には複数の飛び地を抱えている。

そして北部に広がっているのは、未《いま》だ領地としての黒字化ができそうにない広大な砂漠だ。

現地住民と難民達が独自の文化を作り上げていることは知っていたが、砂漠地帯には砂賊を始めとした武装勢力がいるため、下手に金を投下しても略奪されるだけで実りがない。

強大な領地、複数の飛び地、荒れ果てた砂漠地帯……それらを管理するためには必要なものがいくつもある。

汚職を行わない文官、領主への高い信頼、そして機動力の高い軍隊だ。

それら全てを満たすためにコンラート家が選んだのは、ただひたすらに武威を求めることであった。

強力な素養を持つ者達の血を己や部下達に積極的に取り入れさせ、素養と実力があれば爵位などにはかかわらず兵士として取り立てる。

そしてそうやって作り出した精強な軍隊を、叙爵以来一子相伝を続けてきた『大魔導』の素養を持つ強力な当主が手足のように動かすのだ。

そうやって愚直に強さだけを追い求め続けてきたからこそコンラート家はここまで大きくなり、そして現在でも国内の諸勢力に目を配ることができるだけの力を持つことができた。

コンラート家に必要なのは一に武力に二に武力、三四が武力で五が武力だ。

南部の中小貴族家達に西部のマグラード侯爵はこちらに反抗的だし、王都にいる国王とその取り巻き達にだって睨《にら》みを利かせなければならない。

(だが……我々歴代の当主がやってきたことは、間違いだったのかもしれない)

ガビルがそんな風に考えを改めるようになったのは、つい先日のことだった。

「失礼します」

コンコンという硬質なノックの音。

「――入れ」

机の上にうずたかく並べた書類の間からドアの方へ顔を覗《のぞ》かせれば、そこにはコンラート公爵家の嫡子であるアシッドの顔が見えた。

ガビルは祝福の儀を行うまで、アシッドのことにあまり興味を持ってはこなかった。

だが彼はウッディを廃嫡し、アシッドを己の後継として認めた。

それは偏《ひとえ》に、彼が『大魔導』の素養を継承したからだ。

領地経営はたしかに大切だが、戦乱の世においてはそれよりも直接的な戦闘能力の方が大切だ。

そんな父の教えが頭をよぎった。

けれど少なくともその教えは、現状においてはなんら役に立っていなかった。

なぜならば今――アリエス王国は、小康状態にあるからだ。

「マグラード侯爵領の方も南部貴族領の方も特に動きはないですね」

「そうか……」

ガビルが当主となってから、これほどまでに暇な時はなかった。

無論、休みがあった時はある。けれど休みというのは戦を全力で行うための戦間期以上の意味合いは持っていなかったのだ。

けれど今回は違う。

王命により各領主は停戦を命じられている。

精強な軍隊を持たぬ王の命令など、今まで領主達は聞いたことはほとんどなかった。

けれど今回は今までとは勝手が違った。

いっそ不気味なほど、どの領主も沈黙と停戦を保ち続けている。

その原因となっているのは、コンラート公爵領を北へ行った先にある砂漠地帯で新たに子爵位を拝命した――廃嫡した己《おの》が息子ウッディ・アダストリアだ。

ウッディが持っていた生産系の素養である『植樹』。

これがなかなかの食わせ物だったのである。

「まさか生産系の素養一つで、停戦状態を維持するとはな……」

現在ウッディの持つ力によって、王国で戦争は消えていた。

その理由は二つ。

まず一つ目は王が爵位を与えたウッディの素養で生産することのできるフルーツと木材が、王国経済に大きな影響を与えるようになっていたからだ。

だが最も厄介なのは二つ目の、戦争にも転用が可能なエレメントフルーツであった。

ウェンティで作られたピーチ軟膏《なんこう》は兵士の傷をたちまちに癒やす。

またフルーツの中には爆発力や貫通力を持ったものも多く存在しているため、それ自体を武器として用いることができる。おまけにその武装は習熟までに時間はかからず、民兵でも使用が可能とされている。

そんなものをほぼ無制限に生産できるウェンティの国際的な立場は、今や極めて高い。

下手に彼を敵に回してしまえば、周囲の国全てにエレメントフルーツを配られてしまう。

故にガビルを始めとする王国貴族は、ウッディに敵対するわけにはいかなくなってしまっているのだ。

(強力な武器が登場したが故に戦争が止まるというのは、なんとも皮肉なものだ)

ガビルのウッディへの感情は、いささか……いやかなり、複雑であった。

彼は決して、ウッディを愛していないわけではない。

手塩にかけた息子であるウッディのことを、ガビルは決して憎からず思っていた。

ただ領主としての判断と父親としての判断というのは、必ずしもイコールというわけではない。

「そういえば、近々あいつ……アダストリア子爵が来るようです」

「……そうか」

ウッディの持つ能力は、木材とフルーツの生産に留《とど》まらない。

彼が持つ力の一つに樹木のある場所へ自在に転移できるというものがあり、彼はその力を使って各地を飛び回ることも多かった。

その力があれば飛び地の運営もより効率よくできただろうに……などと、未練がましく思ってしまう自分に自嘲《じちょう》する。

「ウッディとはどうなのだ？」

「どうだ……と言われましても」

「あれからたまに連絡を取っているのだろう？」

「はぁ、まぁ……そうですが」

アシッドとウッディの関係は、以前より大分良くなってきていた。

ウッディのことを疎んで領地へ攻め込もうとしたところを懲らしめられてから、アシッドは以前よりずっと真っ直《ます》ぐになっていた。

これまでは『大魔導』の素養があるからと手を抜いていた詰め込み教育にも今はしっかりと精を出しており、ここ最近は成長著しい。

それを為《な》したのが自分ではなくウッディであることは、これまたガビルからすると複雑であった。

「メラシの街に来た時に、一緒に食事を取ることになっているのですが……少しご相談がありまして」

「なんだ？　子爵相手に交渉でもするのか？」

「いえ……実はその場に父上も誘ってくれと言われまして」

「……」

それはガビルからすると、青天《せいてん》の霹靂《へきれき》であった。

ウッディが自分に対して複雑な気持ちを抱えていることは、理解している。

だからまさか食事の誘いが来るなどとは、まったく思ってもみなかったのだ。

「だが、ふむ……これもいい機会か。よし、俺も行くと返事をしておいてくれ」

「——はっ？　すみません、もう一度言っていただけますか、父上」

「だから俺も行く、と言ったのだ」

疑わしげな様子のアシッドにそう言い切ってから、ガビルは当日にどんな服を着ていくか頭を悩ませるのであった。


（……どうしてこうなったの⁉　いやたしかに、誘ったのは僕なんだけどさ！）

僕の頭の中は今、完全にパニックになっていた。

というのも僕の目の前に——。

「……」

「……」

いつものようにしかめっつらをしているアシッドと、むすっとしながら腕を組んでいる父さんの姿があったからだ。

もしよければ来てくださいという社交辞令を口にしたら、本当に来るなんて一体誰が思う？

とりあえず公爵である父さんが来ても問題ないよう、メラシの街では一番高級な店の個室にしたけれど……。

「と、とりあえず来たので食べましょうか」

「うむ」

「おう」

父さんとアシッドはやってきたスープを飲み始めた。

父さんの方は流石《さすが》に動作の一つ一つが堂に入っているけれど、アシッドの方はまだ礼儀作法の教育が終わっていないからか、かなり悪戦苦闘していた。

ちなみに僕の方はというと、貴族としての食事作法はマスターしているので問題なく済ませることができる。

もっとも、ここ最近は使う機会がなかったので少し怪しい部分もあったけど……。

「一番いいもので、アカシアの二十年か……」

ワインのラインナップに、父さんはいささか不満げな様子だった。

ただお酒は飲みたかったのか、ボトルで頼む。

「アシッドってお酒飲むの?」

「一人酒はしねぇな。部下と一緒に飲むことがあるくらいか」

「……」

「……」

き、気まずい……僕とアシッドの二人でも度々沈黙が生まれるくらいの関係性なのに、父さんがいるせいで余計に空気が重いよ。

父さんはワインボトルのコルクを専用の器具を使って開けると、そのままグラスにワインを注いだ。

その数は合わせて三。

ついっと何も言わずに僕とアシッドの前にも出してきた。

「二人とも成人はしているし、嫌とは言わないだろうな？」

「も、もちろんです」

「無理強いは良くないと思いますよ……いただきますけど」

二人で受け取って、ワインに口をつける。

二十年も熟成されているからか、僕がツリー村で作っているワインと比べるとかなり酸っぱさと苦みが強かった。

おもわず眉間《みけん》にしわを寄せながらちびちびと飲んでいると、アシッドの方はわりとするすると飲んで、おかわりまでしている。

「悪くないな」

「はい……」

父さんの方もかなりのハイペースで飲んでいるが、顔色は一切変わらない。

どうやら酒の強さは、遺伝しなかったみたいだ。

次々と出されていく料理を平らげている。

ポツポツと話をするけれど、すぐに間を沈黙が満たした。

そもそもの話、父さんとどんな話をすればいいかもわかっていない。

ただそれはアシッドも同じようで、先ほどからちらちらと父さんの方を見るばかりで、彼もあまり口を開いてはいなかった。

父さんと顔を合わせることは何度かあったけど、基本的に話すのは事務的なことばかりだった。少なくとも成人してからは、私的な話は一度もした記憶がない。

父と子って、何を話すのが普通なんだろうか……。アシッドがいるから母さんの話をするのも角が立つだろうし……。

「父さんはどこのワインが好きなんですか？」

「俺が好きなのはアルノーだな。あそこのブドウは酸っぱくて生食はできたものではないが、その分ワインにした時の芳醇《ほうじゅん》さが……」

とりあえず無難に酒の話や、国際情勢の話をすることにした。

これならアシッドも入ってきやすいらしく、三人で色々と口にしては、父さんから知らない側面を教えてもらうという時間が続く。

皆この会をいいものにしようという意思はあるため、一度話が盛り上がればそこから先は楽しくなっていった。

「ふぅ……俺も息子達と酒を飲める年齢になったか……歳《とし》を取ったものだ」

父さんはワインをくゆらせながら、そんなことを言い始める。

僕が知っている父さんはいつも肩肘《ひじ》を張っている、恐ろしい人間だった。

けれどこうして食事をしている父さんの姿は、以前よりもずっと小さく見える。

それは僕が大きくなったのか、それとも……。

「いえいえ、父さんはまだまだ現役じゃないですか」

「そうですよ、俺に領主の座を譲って隠居したっていいんですから」

「……ふっ、それもいいかもしれないな……」

どこか弱気なことを言う父さんはコンラート公爵ではなく、一人の父親に戻っているような気がした。

領主としての重圧というのは、考えている以上に大きい。

まだ領主としては新米な僕でも強いストレスを感じているのだ。

それに父さんには代々続いてきた公爵家という看板の重みもある。

父さんの双肩にかかってきた重責というのはきっと、今の僕では想像もできないほどに重たいものだったのだろう。

アシッドの方を向くと、視線が合った。

きっと僕達の心は通じ合っているだろう。

――こんな時くらいは、弱音を吐いたっていい。

「飲みましょう、父さん」

「父上、グラスが空ですよ」

「おお、そうか……そろそろ次のボトルも頼まなくては……」

クーラーに入ったワインボトルを手にする父さんの顔は、どこか上機嫌で。

僕らは父さんに釣られて二本目のボトルを空けるのだった。

この日以降、僕とアシッド、そして父さんの三人での会食は定期的に行われることになる。その度に僕らは大量のお酒を飲んで、二日酔いに悩まされることになるのだけれど……父と酌み交わす酒というのは不思議と悪いものではなく。

僕達は親交を深めながら領主と次期領主の仮面を脱ぎ、会食を楽しむようになるのだった。

あとがき

初めましての方は初めまして、そうでない方はお久しぶりです。

しんこせいと申す者でございます。

あとがきを書いている現在は四月。

新年度になりスーツを着慣れていない新社会人達の姿が眩《まぶ》しいですね。

ちなみに四月になっても、自分のライフスタイルは何一つ変わっておりません。

変わらずにいる君が素敵だよって、誰かに言ってもらってもいいと思っています。


最近、昔読んだWEB小説を読み返すことが増えました。

自分はどちらかというと、尖《とが》っている作品が好きです。

『破壊の御子《みこ》』や『亡《ほろ》びの国の征服者～魔王は世界を征服するようです～』、『ゴブリンの王国』などなど……小説家になろうフリークの読者の方達は、きっと僕の好みをこの一瞬で把握したことでしょう。

僕は昔から、小説家になろうが大好きでした。昔と言っても十年くらい前のことではあるのですが。

当時は累計３００位まで全部読破していた気がします。

何分昔のことなので、展開だけ思い出せるけど作品名が思い出せないことも多く、歯噛《はが》みすることもしばしばです。

マーマンの女の子のヒロインのIFエンドが番外編で挟まっていたあの小説を、僕は今も探しております。

「なろう小説」を読みあさっていた頃は、まさか自分がこうして本を出せるようになるとは思っていませんでした。

ありがたいことに今もこうして仕事をいただくことができているのは、デビューしたレーベルであるドラゴンノベルスさんが『わしジジイ、齢《よわい》六十にして天賦の才に気付く』を本にしてくれたおかげです。

そして今作がカドカワBOOKSさんから刊行できているのは、僕の作品に目をつけてくれた編集Hさんのおかげです。

そしてこうして僕という作家が今日も小説を書くことができているのは、皆様のおかげです。

僕はいつも誰かに助けられてばかりです。その十分の一、いや百分の一でも恩返しができたらなといつも思っています。

僕にできるのは小説を書くことだけです。きっとこの本が出ている時にはまた新作を出していると思いますので、是非そちらも応援してくださいね！


最後に謝辞を。

編集のHさん、いつもお世話になっております。今作がしっかりと『作品』になっているのは、微に入り細を穿《うが》つ修正のおかげです。

イラストレーターのあんべよしろう先生、いつも美麗なイラストをありがとうございます。先生のイラストには、執筆の際にも非常にお世話になりました。

そしてコミカライズを担当してくださっている千嶌《ちしま》オワリ先生、ありがとうございます！　動くウッディ達を見ることができて感無量です！　コミカルな部分も増えていて、一読者として楽しんで読ませていただいております！

そしてこの本を手に取ってくれているあなたに、何よりの感謝を。

今作を読んだあなたの心に何かが残せたのなら、作者としてそれに勝る喜びはございません。

カドカワBOOKS

スキル『植樹《しょくじゅ》』を使《つか》って追放先《ついほうさき》でのんびり開拓《かいたく》はじめます 3

2024年6月10日　初版発行

著者／しんこせい

発行者／山下直久

発行／株式会社KADOKAWA

〒102-8177
東京都千代田区富士見2-13-3
電話／0570-002-301（ナビダイヤル）

編集／カドカワBOOKS編集部

印刷所／暁印刷

製本所／本間製本

※定価（または価格）はカバーに表示してあります。

●お問い合わせ
https://www.kadokawa.co.jp/（「お問い合わせ」へお進みください）
※内容によっては、お答えできない場合があります。
※サポートは日本国内のみとさせていただきます。
※Japanese text only

Printed in Japan
ISBN 978-4-04-075461-1 C0093

新文芸宣言

　かつて「知」と「美」は特権階級の所有物でした。

　15世紀、グーテンベルクが発明した活版印刷技術は、特権階級から「知」と「美」を解放し、ルネサンスや宗教改革を導きました。市民革命や産業革命も、大衆に「知」と「美」が広まらなければ起こりえませんでした。人間は、本を読むことにより、自由と平等を獲得していったのです。

　21世紀、インターネット技術により、第二の「知」と「美」の解放が起こりました。一部の選ばれた才能を持つ者だけが文章や絵、映像を発表できる時代は終わり、誰もがネット上で自己表現を出来る時代がやってきました。

　UGC（ユーザージェネレイテッドコンテンツ）の波は、今世界を席巻しています。UGCから生まれた小説は、一般大衆からの批評を取り込みながら内容を充実させて行きます。受け手と送り手の情報の交換によって、UGCは量的な評価を獲得し、爆発的にその数を増やしているのです。

　こうしたUGCから生まれた小説群を、私たちは「新文芸」と名付けました。

　新文芸は、インターネットによる新しい「知」と「美」の形です。

2015年10月10日
井上伸一郎

歩くたび増えていく
新しい出会い、新しいスキル
この世界で、
のんびり旅はじめます。
異世界ウォーキング
コミックス
好評発売中！&
講談社
「マガジンポケット」にて
コミカライズ
好評連載中!!
漫画：小川慧

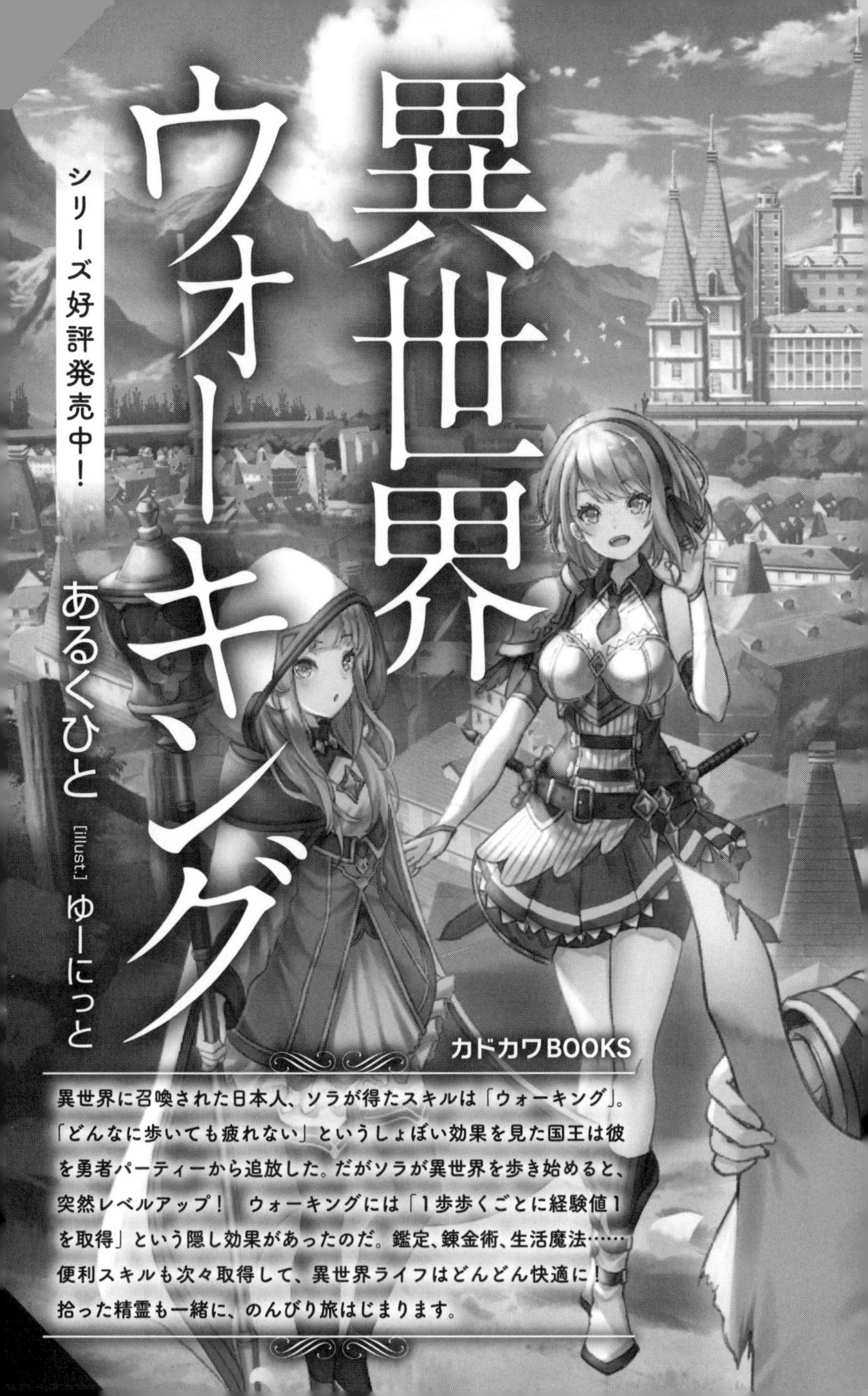
異世界ウォーキング
シリーズ好評発売中！
あるくひと
[illust.] ゆーにっと
カドカワBOOKS
異世界に召喚された日本人、ソラが得たスキルは「ウォーキング」。「どんなに歩いても疲れない」というしょぼい効果を見た国王は彼を勇者パーティーから追放した。だがソラが異世界を歩き始めると、突然レベルアップ！　ウォーキングには「1歩歩くごとに経験値1を取得」という隠し効果があったのだ。鑑定、錬金術、生活魔法……便利スキルも次々取得して、異世界ライフはどんどん快適に！拾った精霊も一緒に、のんびり旅はじまります。

COMIC
WALKERほかにて
コミカライズ
好評連載中!
漫画・
濱田みふみ

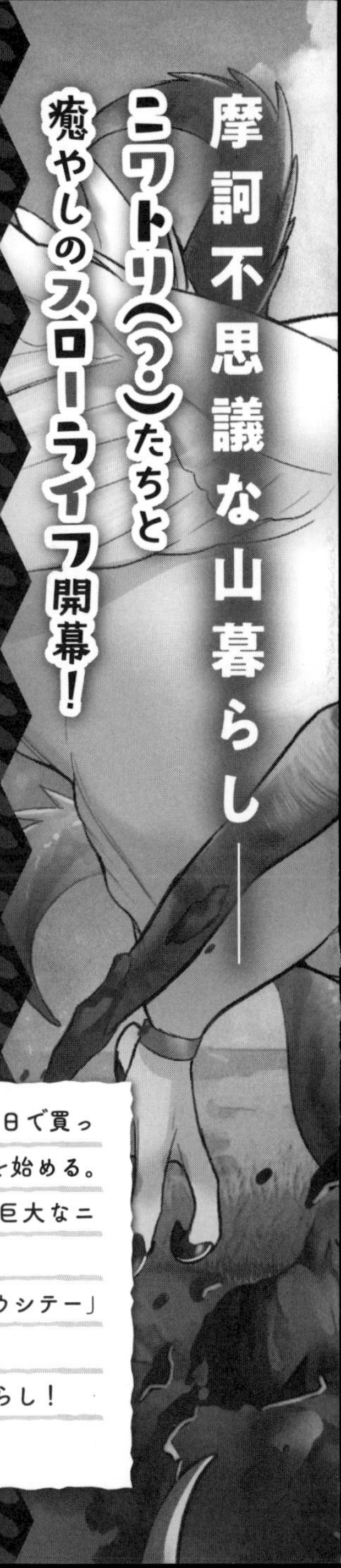

摩訶不思議な山暮らし――
ニワトリ(?)たちと
癒やしのスローライフ開幕!

前略。山暮らしを始めました。

浅葱
illust. しの

ひょんなことがきっかけで山を買った佐野は、縁日で買った3羽のヒヨコと一緒に悠々自適な田舎暮らしを始める。気づけばヒヨコは恐竜みたいな尻尾を生やした巨大なニワトリ（？）に成長し、言葉まで喋り始めて……。

「どうして――！?」「ドウシテー」「ドウシテー」「ドウシテー」

「お前らが言うなー！」

癒やし満点なニワトリたちとの摩訶不思議な山暮らし！

カドカワBOOKS

シリーズ好評発売中!!
魔術で「目」を作りたい――
その好奇心が少年を
水魔術の天才へ飛躍させる!

元社畜、
異世界の端っこで
のんびりモノづくり生活、
はじめます。
WEBデンプレコミックほかにて
コミカライズ
連載中!!!
漫画：日森よしの
たままる
ill
キンタ
カドカワBOOKS
異世界に転生したエイゾウ。モノづくりがしたい、と願って神に貰ったのは、国政を左右するレベルの業物を生み出すチートで……!? そんなの危なっかしいし、そこそこの力で鍛冶屋として生計を立てるとするか……。

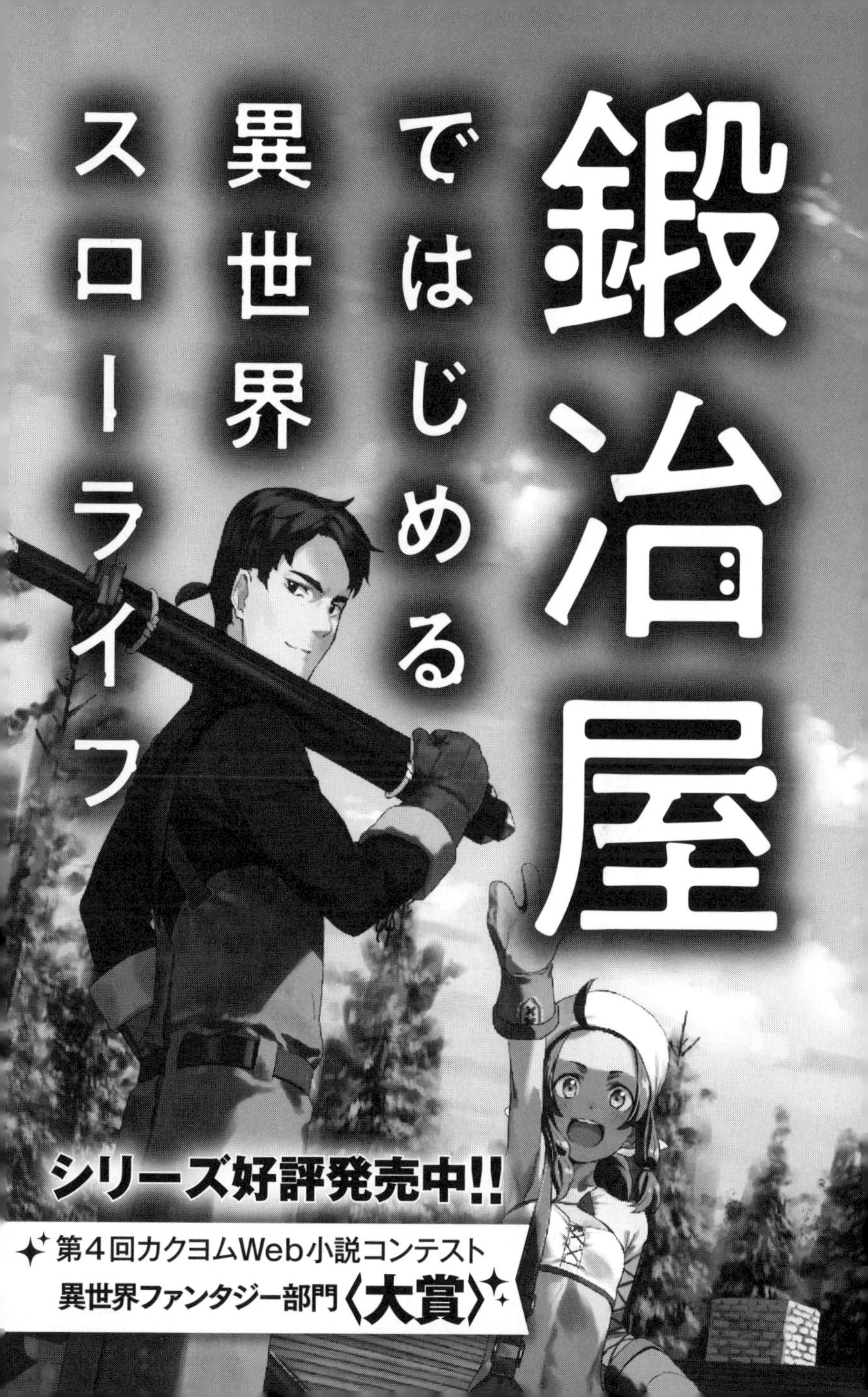
鍛冶屋
ではじめる
異世界
スローライフ
シリーズ好評発売中!!
第4回カクヨムWeb小説コンテスト
異世界ファンタジー部門〈大賞〉

料理で胃袋わし掴み!?
男子高校生、異世界で
主夫生活始めます!
B's LOG COMICにて
連載中!
ビーズログコミックスより
コミックス絶賛発売中!!
漫画：不二原理夏
原作：港瀬つかさ
キャラクター原案：シソ
シリーズ好評発売中!
最強の鑑定士って誰のこと?
~満腹ごはんで異世界生活~
港瀬つかさ　イラスト／シソ
異世界転移し、鑑定系最強チートを手にした男子高校生の釘宮悠利。ひょんな事から冒険者に保護され、彼らのアジトで料理担当に。持ち前の腕と技能を使い、料理で皆の胃袋を掴みつつ異世界スローライフを突き進む!!
カドカワBOOKS